丁小飛校園日記 1

時光膠囊的祕密

文・原畫 郭瀞婷　圖 水腦

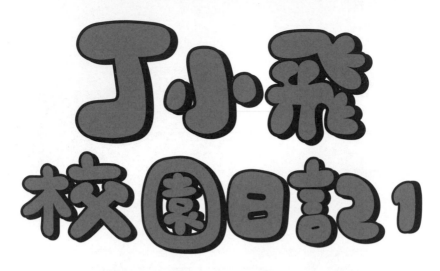

人物介紹

丁小飛

四年級，認定自己未來會是很了不起的偉人，所以開始認真的塗寫日記，將來好拿來拍電影、受訪問。他成績很差、懶惰、不愛念書又常常抄同學的作業，可是有異於常人的想像力和自信心。

小妹

小飛的妹妹，還不大會講話的小朋友。很愛哭。小飛認為小妹的大便臭到可以拿去當炸彈，一定可以把敵人都嚇跑。

阿達

小飛的哥哥，比小飛還要懶惰，喜歡惡作劇。他養了一隻變色龍叫做「小便」，是他最好的朋友，大概也是他唯一的朋友。

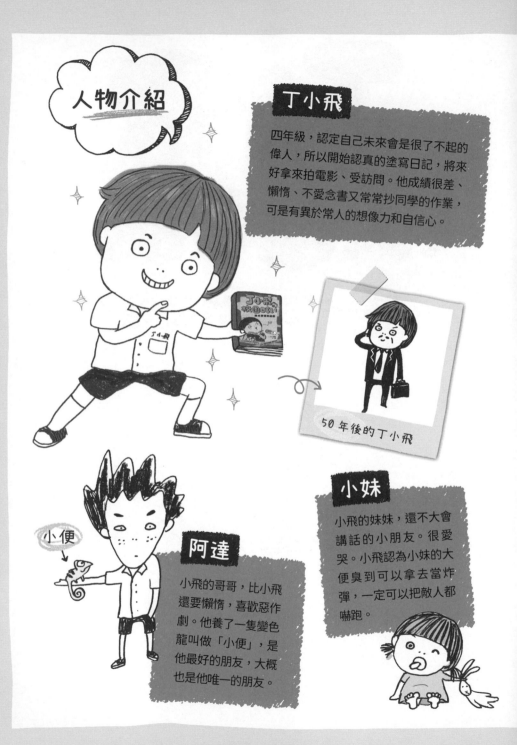

媽媽

職業婦女，在環保基金會上班，對保護地球有強烈的使命感。她很愛家人、動物和植物，會為了堅持自己的理念而勇於挑戰。

爸爸

大學教授，會唱歌和跳舞。喜歡用哲理跟小孩講道理，卻常常讓大家聽不懂。和媽媽的感情很好，很為家人著想。

何李羅

小飛的同班同學，個性老實，博學多才。常常勸小飛不要抄功課。上課喜歡一直舉手回答老師的問題。

程友華

小飛班上的班長，坐在小飛的旁邊。功課好，很有愛心和理念，也很喜歡看書。小飛希望自己可以成為她心目中的偉人。

9 月 1 日 星期 五

五十年後的丁小飛：

你好。

當你在看這本日記的時候，應該正搭著私人飛機，準備去拜訪非洲某一個國家吧！或是坐在一輛很大的黑色轎車裡，叫司機趕緊開車，因為有一筆很大的生意要談。

真是太辛苦你了！不過既然五十年後的我這麼辛苦，現在四年級的我也應該不必太認真讀書。

我寫這本日記最大的原因，是因為今天老師說，學校決定讓每個學生在畢業前，準備一些東西放在「**時光膠囊**」裡，然後埋在學校地底下，五十年後再打開。到時候我們都會被邀請回學校，一起打開這個「時光膠囊」。

班上很多人說要在時光膠囊裡放玩具，或者畫圖給未來的人看。但是拜託，我自己的電動玩具都不夠玩了，還要分給五十年後的我？五十年後的你，應該會了解我的心情吧！而且你現在玩的電動，應該會比我現在的好玩多了。至於畫畫……**不是我在說**，五十年前小朋友的畫，應該跟現在小朋友畫的差不多；那五十年後，誰會想看到五十年前的畫呢？所以我打算從今天開始寫這本日記。反正我以後會**很有名**，五十年後當這本日記被打開時，大家一定會讚嘆：

我現在最大的心願是可以**長高一點**。事情是這樣的。學校規定升上四年級時都要重新分班，今天是我上四年九班的第一天，到了教室，大部分的人我都不認識。**不是我在說**，我不大同意一般老師排座位的方式，通常老師會按照身高排座位，這就表示我這三年來一直都是坐在第一排。我偶爾也有坐到第二排的時候。之前班上有一個男生叫徐佑凡，他經常上課上到一半突然跑到講臺前，做一些很搞笑的動作。剛開始是學猩猩邊吃香蕉邊跑步，再來是學壞掉的機器人邊吃飯邊走路，最好笑的一次是站在老師後面，學老師邊擦黑板邊做體操。

那次之後，老師就叫他永遠坐在第一排。這次分班，我最大的心願就是可以跟徐佑凡分到同一班。並不是因為他是我的好朋友，而是只要有他在，我就有機會坐到第二排。但很不幸的，他竟然被分到四年五班去了！我想現在四年五班的某個人一定跟我以前一樣，慶幸班上有這麼一個永遠坐在第一排的同學。真是超級無敵希望我就是那個被自己羨慕的人。

果然，我今天又被安排坐在**第一排**了！我的位子是教室左邊數來第二排第一個位子。我趕緊觀察了一下周圍的鄰居。這是一件很重要的事！為什麼呢？

第一，我一定會常跟他們被分成一組。換句話說，他們會是讓我**抄功課**的好夥伴。

第二，我以後成為名人時，記者一定會問他們我小時候的事。我想他們如果知道以後會上電視，甚至有機會出版像《我所知道的丁小飛》或《丁小飛與我》之類的書，一定會很開心我坐在他們的附近。

今年坐在我右邊的是一個胖胖的男生，叫做李克巧。我決定反過來叫他「巧克力」比較好記；我左邊是一個女生，叫做程友莘。

大家都以為坐在你兩邊的人，就是最重要的人。其實，最重要的人，是坐在你**後面**的那個人！因為中午吃午

餐的時候，大家都會往後轉，跟後面的人一起吃，所以坐在我後面的人，才有可能和我成為好朋友。

在我回頭之前，本來很希望他可以像以前坐在我後面的林瑋聰一樣。林瑋聰是以前我們班的班長。每天中午我都會跟他一起吃午餐，之後他都很慷慨的讓我抄他的功課。**不是我在說**，這就是當班長的壞處：永遠都要寫好功課，才可以提供給沒寫功課的人抄。只不過到後來，來我座位抄功課的人越來越多，結果有一天被老師看到，老師就規定大家要在上第一節課之前交功課，實在是太倒楣了。

更倒楣的是，我發現今年坐在我後面的，是以前跟我同班的何李羅！他一看到我，就立刻站起來很大聲的說：

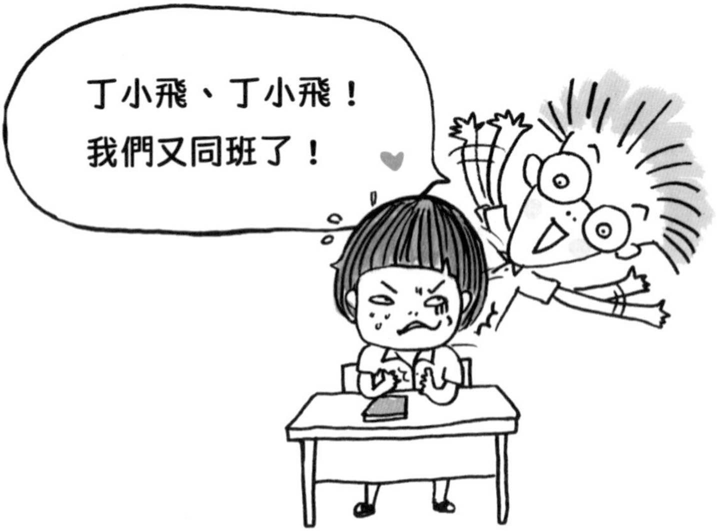

首先，**不是我在說**，一個人的名字裡三個字都是姓，實在是一件很奇怪的事；再來，他很喜歡叫人的時候連續叫兩次；第三，他超愛舉手發言。例如老師上課時講到火山爆發的過程，他馬上就會邊舉手邊站起來（老師都還沒點他起來講話）說：「老師、老師，每個火山跟颱風一樣都有名字，像艾雅法拉冰蓋，還有帕里庫廷，然後……」

結果老師突然叫我隔壁的徐佑凡站起來，因為他整個臉一直朝下，不知道在看什麼。

老師叫他把剛剛何李羅講的話重複一次，結果他說：「哎呀！哎呀！冰塊跟褲裡有火燒山。」老師叫他把桌子底下的東西拿出來，原來他在玩電動。

所以這個地理位置對我來說非常不利，因為只要何李羅一舉手，我在桌子底下偷看漫畫的事就會很容易被老師發現。

回答得很好，何李羅。
等一下，丁小飛你
頭低低的在看什麼！

其實以我的觀察，最棒的座位是教室右邊數來第一排第四個位子，因為當老師在臺上講話時，他必須要用力的斜眼往右上角瞄，才會看到右邊第一排第四個位子。或是第五個位子也不錯。無論如何，都比我現在的位子好。

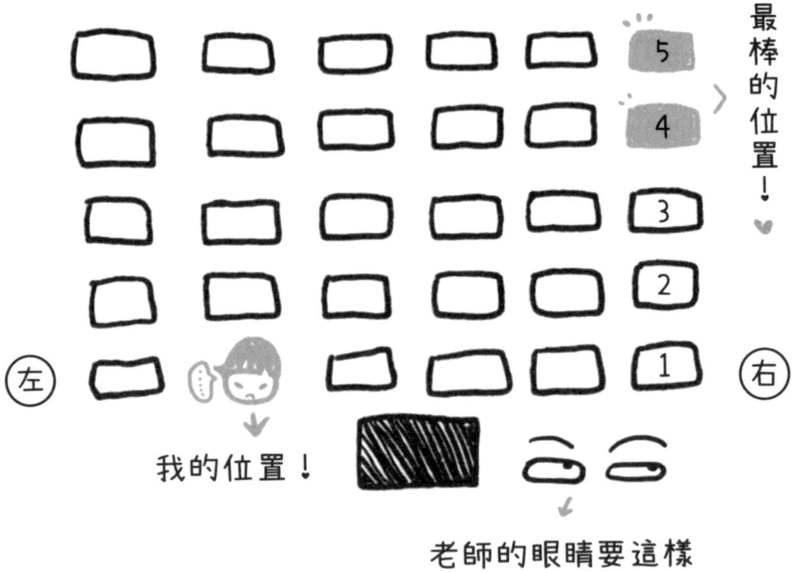

我對於短時間內被換到第二排的自我感覺，真的並不良好。不過希望你看完這篇日記時的第一個反應是：「啊！好險我已經長這麼**高**，永遠不用再坐第一排了！」

9 月 9 日 星期 六

五十年後的丁小飛：

不知道你記不記得，通常媽叫我起床的方式就是用播放器在我耳邊大聲放她每天必聽的歌，然後不停、不停、不停的重複。

　　但是今天在這首起床歌播放前，我就已經把衣服穿好，到餐桌吃飯了。事情是這樣的，我想是半夜的時候，我的哥哥阿達，偷偷把他養的變色龍放到我的棉被裡，他大概以為我會被嚇到，但我完全不知道他有放東西在我的被子裡。結果……變色龍不見了！所以阿達一大早就到我房間裡，一直翻我的棉被在找牠。

　　不是我在說，以哥對待這隻變色龍的方式，如果我是牠我也會趁機逃走。 光聽到哥幫牠取的名字就知道了——

牠叫做**小便**。剛開始媽說，哥叫小達，我叫小飛，既然變色龍來到我們家，應該也幫牠取個「小」開頭的名字。哥說牠是「變」色龍，所以就叫小變。但哥後來卻寫了「小便」兩個字在牠住的箱子外面。我現在大概救了牠一命，因為牠終於有機會重新取名字了。爸自從聽說小便不見以後，就建議阿達去買一本有關變色龍的書。爸說如果想知道小便現在躲在哪裡，就應該多去了解牠，才會知道牠在想什麼。我根本不用看書就知道小便在想什麼——牠在想怎麼樣才可以永遠不被哥找到。

除了把小便藏到我棉被裡，哥還把剛起床的小妹抱到我床上。小妹通常一早起來就會製造一坨蛋糕在她的尿布裡，我有時候從我房間都可以聞到那股蛋糕味。我和小妹的房間隔了廁所加客廳那麼遠的距離，就算這樣還是聞得到！我很想把她用過的尿布拿去賣給伊拉克，搞不好比**炸彈**還有效。

一定是因為一早起來就聞到我旁邊那坨蛋糕味的關係，今天一整天都好像跟伊拉克打過仗一樣累。

也不知道為什麼小妹一直不停的要跟我玩！她不會去找阿達，只會找我。當然，如果我是她，我也寧可找我自己玩，阿達只會跟小便玩一些奇怪的遊戲。

下午為了避免一直被小妹疲勞轟炸，我可以用一個字母來說明我做了什麼，那就是：

9 月 15 日 星期 五

五十年後的丁小飛：

自從我開始寫這本日記以後，媽就很得意的跟大家宣傳我偉大的創作。她覺得寫日記一定可以增加對寫作的興趣，所以她叫阿達也寫一本。阿達在學校的作文成績一直很爛，媽不但要他寫，還會檢查內容。我前幾天偷翻了幾篇他寫的日記：

星期一：今天考試及格就好。小便還是沒找到。

星期二：今天跟昨天一樣。

星期三：一樣。

後來乾脆變成這樣：

這個星期跟上個星期都一樣。

媽看了很不滿意，她規定阿達每篇都一定要寫四十個字才行。所以他就寫了這樣：

星期二：

今天買了一本漫畫書很好笑，笑到我肚子好痛，笑死我了。真好笑，怎麼會這麼好笑？真是不敢相信，實在是有夠好笑。

我後來覺得偷看人家的日記其實是一件很**無聊**的事。我也不懂為什麼有人會喜歡偷看人家的日記呢？

今天在學校，我記得只要交昨天的書法功課，可是沒想到還要交讀書心得報告，而我完全忘記這件事了！我偷偷問了坐在後面的何李羅，看他可不可以把他的心得借我瞄一下，這樣我就可以掰出幾行字。但他卻很嚴肅的說：

丁小飛、丁小飛，你如果亂掰，老師一定會發現，以後看完書再寫心得會比較好。
哼

何李羅講話的時候一定會立正站好（雖然根本沒有人叫他站起來講話），所以即使是下課時間，老師也能聽到他跟我說的話。老師走到我面前，說她「**突然有一個很棒的想法**」！我一聽就知道我慘了。每次我跟阿達吵架時，媽如果說「**我突然有一個很棒的想法**」，就表示她要我跟阿達做一些奇怪的事來「增加兄弟之間的感情」。

兩個人手牽手
一起去倒垃圾，
而且手都不能
放開喔！

老師跟全班說，她覺得心得報告寫最好的是班長程友莘。這一次心得報告沒有交的人，從明天開始，每天都要交一篇**讀書心得**給剛好坐在我左邊的程友莘，她看過一遍，確定我們真的有看過書才算通過。

這比媽常說的「很棒的想法」還要慘。**不是我在說**，我已經忙著寫這本日記，好讓五十年後的你可以用來上電視或拍電影了，現在還要我讀課外書？接著，老師叫這一次沒寫心得的人站起來，結果只有兩個人——一個是我，另外一個是坐我右邊的巧克力。再次證明坐在第一排是真的比較倒楣。

回到家後，吃晚餐前，我突然看到媽一直拿著電話走來走去，好像很急又很生氣的樣子。爸跟我說媽最近的工

作很忙，我們都要乖一點分工合作。爸說完就把他正在看的書放到桌上，穿上媽的圍裙，開始邊哼歌邊做飯。

我回到自己的房間之前，經過阿達的房間，看到他正在看書。這真是一件很難得的事！我記得唯一一次看到他拿著書，是他在**打蟑螂**的時候。我瞄到書的封面寫著《變色龍百科》，看來阿達真的想要找到離家出走的小便！要是小便知道一定很感動。但如果我是小便，無論有多感動，都不會想再回到阿達的魔掌。

9 月 21 日 星期 四

五十年後的丁小飛：

你現在已經是大人了。啊……我想應該是六十歲的老人吧！現在的你，每天早上一起床想到的是哪三件事呢？通常我想的順序是：

一、今天是不是星期天？

二、完了，功課沒寫完。

三、今天真的非常確定不是星期天嗎？

很不幸的，今天真的不是，所以我很無奈的去上學了。

你大概不記得我們班上有個綽號叫做「**七龍珠**」的老師，因為她的頭髮長得像這樣：

真的很像卡通《七龍珠》
裡面的孫悟空！
其實也有一點像
美國紐約的自由
女神……

前幾天，七龍珠老師叫我和巧克力每天都要交讀書心得給程友莘。老師從圖書館拿了幾本書讓我們選，我看了封面後感覺不大妙。

老師看到我們為難的表情，決定放我們一馬，讓我們可以選一本自己想要看的書。真是鬆了一口氣！我從家裡拿了幾本自己非常有興趣的好書：

巧克力則拿了他選擇的書：

說真的，我不大確定他選的書會不會通過，食譜怎麼能算是書呢？但巧克力說他選這本書是因為這本食譜是他爸爸寫的。他自己對做菜也非常有興趣，很希望有一天可以成為像他爸爸一樣有名的廚師。他希望可以照著這本書的步驟來做菜，記錄做每一道菜的心得。沒想到老師竟然答應了！然後老師看著我說，我選的書都不合格，必須從她選的書裡挑一本才行。

我當然趕緊問老師為什麼巧克力的食譜書就可以呢？老師說因為巧克力是真的會照書上的食譜做，這件事很有意義。我趕緊回答我也會照書上的祕笈過關啊！老師馬上說不行就是不行，我只好從老師建議的書裡面選一本。我

翻了每一本書，最後選了《**偉人傳**》這本。第一是因為裡面的圖比較多，第二是最起碼我知道我以後也會在這一類的書裡面出現，現在看一看也好。

好了，我不多寫了。原本以為家裡除了我以外，只有阿達在寫那一本沒有人要偷看的日記，沒想到連小妹也開始在寫了！喔，應該說她是用畫的，而且她每畫完一篇就會馬上拿給我看：

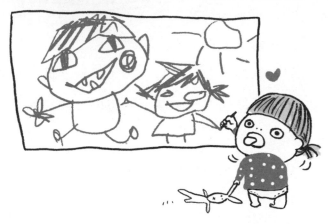

阿達說那個大頭人是我，因為我的頭差不多就是那麼大。看來我要把這些畫收藏起來才行，免得以後我變成偉人的時候，突然被記者拿出來登在雜誌上！

10月3日 星期二

五十年後的丁小飛：

我的讀書心得已經連續好幾次被程友華畫上了。說真的，我也不知道到底是什麼意思？像前天我讀的是華盛頓砍櫻桃樹的故事，我就寫：

華盛頓小時候砍掉了櫻桃樹，但因為勇於承認錯誤，爸爸不但原諒了他，還讚揚他誠實的行為。偉人做錯事都會承認錯誤，為了確定我以後也會成為偉人，我決定很誠實的告訴你，上一次是我把你帶來的養樂多喝光了。如果你想讚揚我，建議你可以在星期三班會的時候提出來。

結果我得了一個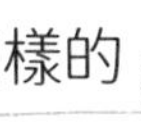。

今天我又得到同樣的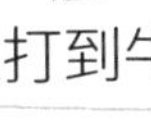。

昨天讀到蘋果掉下來打到牛頓腦袋的故事。我是這麼寫的：

牛頓因為在外面念書，才有機會讓蘋果掉下來打到他的頭，發現了地心引力。

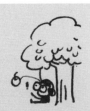

我認為以後應該要改到戶外上課，因為教室裡是永遠不會有東西掉下來讓我們發現的。

我還是得到了一個。

說真的，我也不知道到底是什麼意思？到底是說她也很同意我，覺得在教室上課不會有偉人誕生，還是有別的意思？我後來瞄到巧克力的心得，竟然看到巧克力得到的是一個！

我把他的心得拿過來看，上面不但寫了密密麻麻的做菜過程，還附上他跟他爸爸一起做這道菜的照片，外加一張那道菜的近照。

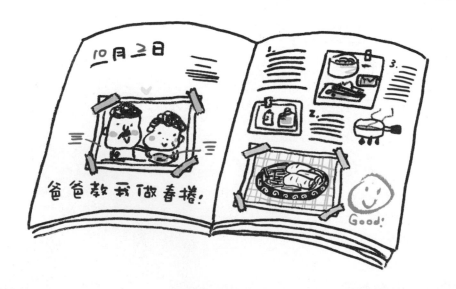

今天放學一回到家，小妹就跟在我屁股後面，一直要拿她畫的圖給我看。爸媽一直說小妹喜歡畫我是因為她很喜歡我，但她一直把我的頭畫得這麼大，不禁讓我開始懷疑爸媽說的是不是真的。不過身為她的哥哥，又是未來世界的領袖，我決定要改正小妹畫圖的方法。我把小妹有畫到我的地方全部都改成正確的畫法。

她看了以後一直開心的拍拍手。不但如此，她還繼續畫了很多類似的畫放到我的桌上。要是五十年後小妹變成什麼名畫家，請提醒她一定要先感謝我。

吃完晚飯後經過阿達的房間，我發現阿達穿了一套**螢光粉紅色**的連身衣，在床底下爬來爬去，口中還一直發出「吱吱吱吱吱」的聲音。乍看之下，他的裝扮讓我想起卡通**頑皮豹**。

他後來跟我說，他其實是在找小便。經過他的研究，他覺得最好的方法就是盡量讓自己身上穿多一點色彩鮮豔的衣服，因為通常變色龍會隨著周圍的環境而改變顏色，也就是說，如果他一直穿著螢光粉紅色的衣服，小便應該也會變成螢光粉紅色，那就很容易找到牠了！

我告訴他，上次看電視時有看到變色龍喜歡在晚上的時候變色，建議他應該晚上趴在地上，小便會比較願意出來。他馬上感謝我說這真是一個好方法。

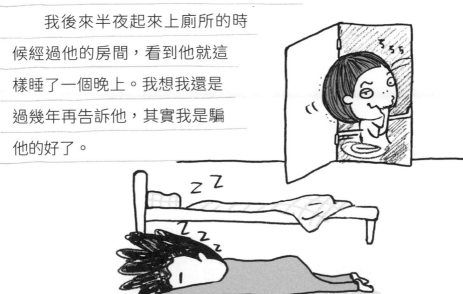

我後來半夜起來上廁所的時候經過他的房間，看到他就這樣睡了一個晚上。我想我還是過幾年再告訴他，其實我是騙他的好了。

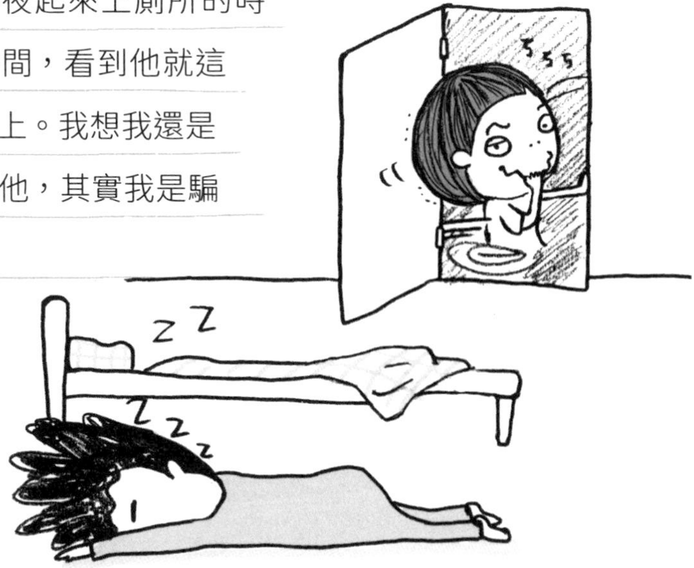

10 月 4 日 星期 三

五十年後的丁小飛：

我的心得還是繼續拿，雖然我也不會為這種小事擔心，但看到那個嘴巴往下垂的臉，實在很想把他的嘴角往上移。

今天我做了一件非常有意義的事！媽說今天是小妹的生日，所以邀請了很多親戚來家裡玩。一聽到有很多親戚要來，我就知道機會來了。我用紙畫了一張傳單，然後用爸的列印機印了很多張，準備發給大家。

在親戚還沒到之前，我趕緊把小妹所有的畫都貼在客廳牆壁上。大家一進門就可以欣賞到小妹的畫，然後我很大聲的宣布今天畫展真正的目的：

我拿著一個紙袋到處走來走去開始收錢。這時爸媽都在廚房忙著準備吃的東西，阿達穿著他的螢光粉紅連身衣在看電視，小妹則咬著她的奶嘴一直跟在我後面走。大家看到小妹跟在我後面，都笑著踴躍選購小妹的畫，真是令人開心。

五十年後的丁小飛：你成名以後一定要把這篇日記拿給大家看，證明你從小就已經很會賺錢了！

沈小華 Live Show
丁小飛，原來你這麼小就開始會賺錢了，真聰明啊！
哈哈，哪裡。

晚上睡覺之前，我快速的翻了一下《偉人傳》。今天念到的是畫家畢卡索。我一看到畢卡索的畫，就覺得今天幫小妹舉行畫展是一件正確的事情。如果連畢卡索那些奇怪的畫都能賣那麼多錢，那小妹的畫以後也會很值錢吧！現在想想，她的那些畫好像賣得太便宜了，不知道如果我明天打電話給三叔、大伯和小姑姑，跟他們再多收五十元，他們會不會願意呢？

10 月 11 日 星期 三

五十年後的丁小飛：

你絕對不敢相信今天我的心得竟然拿到一個  ！前天我念完畢卡索的故事後，我叫小妹在書上畫畫。我在畫的旁邊寫：我覺得小妹也畫得很好，搞不好以後她會比畢卡索還要有名。結果就得了一個  。

早知道這樣，我就每天叫小妹畫一幅畫就好了嘛！我很興奮的一直盯著程友莘給我的  ，突然有一種很奇

怪的感覺，我也不知道怎麼形容⋯⋯就是覺得突然全身都**熱熱的**，好像坐在熱氣球裡，然後有風慢慢把我吹上天空⋯⋯

　　我還發現程友莘會一直對我笑，而且常常找機會跟我說話。

　　例如今天她就笑著跟我說：「可以借我橡皮擦嗎？」

　　我想到爸爸常常對我跟阿達說，女生的想法跟我們很不一樣，所以表達出來的方式也會很不一樣，但我們要試著去欣賞她們的方式。**不是我在說**，這實在有點困難。就拿程友莘來說好了，她很喜歡一個卡通人物 Hello Puppy。

　　她的書包、鉛筆盒、墊板，甚至連便當袋上面都有這個 Hello Puppy 的貼紙。

　　最奇怪的就是 Hello Puppy 無論做什麼事，表情都一樣，姿勢也不變。

睡覺也是一樣表情。

玩球也是一樣表情。

唱歌也是一樣表情。

連上廁所也是一樣表情。

如果五十年後的你不記得的話，提醒你一下，我的鉛筆盒上貼的是最酷的機器拳擊猴！我已經可以想像哪天我的機器拳擊猴遇上程友莘的 Hello Puppy 會是什麼樣子：

所以我就覺得女生喜歡的東西真的很奇怪。現在我可以漸漸理解為什麼爸每次陪媽看她喜歡的電視節目時，表情都很**痛苦**。

10月27日 星期五

五十年後的丁小飛：

這幾個星期，程友莘真的常常故意找我講話。就拿今天來說，下午體育課打躲避球時她當裁判，有事沒事就會對我吹哨子。

午休時間她也找話題跟我講。

既然她這麼在意我……這樣吧！為了表現出**友善的態度**，我想我也應該開始注意一下她的事情。我最近常常看她在讀一本書，下課時我特別把頭伸過去瞄了一眼，書名叫做《我的吸血鬼王子》。我不用讀這本書就可以猜出書的內容了。一定是寫這本書的人喜歡上吸血鬼，而且這個吸血鬼一定是個王子。我很想告訴程友莘，真的不用花太多時間一個字一個字讀，直接問聰明的我不是更快嗎？我偷翻了一下書的內容，發現裡面只有一點點圖。天啊！只有一點點圖的書要怎麼讀呢？可憐的程友莘。為了報答她這麼欣賞我，我決定做一個很大的**犧牲**。

放學前我跟程友莘說，從今天開始我想要看她這本書，而且想要用這本書來寫讀書心得。她聽了之後非常驚訝，本來還有點猶豫，但後來她笑著對我說：

這是我最喜歡的一本書！
因為我非常崇拜裡面的吸血鬼王子！

崇拜？

我接過她給我的這本書，很好奇吸血鬼有什麼可以崇拜的呢？身為未來會有很多人崇拜的偉人，我覺得有必要研究一下，到底程友莘心目中的偉人是怎麼樣的一個人？有比我厲害嗎？

10月30日 星期一

五十年後的丁小飛：

我又往偉人的路上邁進了一大步！

為了節省我寶貴的時間，我打算叫坐在後面的何李羅幫忙一起寫讀書心得。我記得媽常常說，如果沒有陳祕書幫她做事，絕對無法像現在這麼成功。五十年後的丁小飛，如果何李羅願意幫你，請不要忘了在下次訪問中提一下他的名字。

我轉頭到後面跟何李羅說，老師常常說如果我有問題可以來問他，因為他什麼都知道，而且又很熱心的願意幫助同學……是不是真的啊？何李羅一聽到「老師」這兩個字，也不管現在是自習時間，馬上立正站好，大聲的說：「丁小飛、丁小飛，既然老師這麼說，你有什麼問題絕對可以問我！我一定會努力幫你的！」

想不到他馬上就答應了！他說他可以利用中午吃飯時間幫我讀幾頁書，跟我大概講一下裡面的內容。

到了中午，我把椅子轉到後面跟何李羅一起吃便當。坐在旁邊的巧克力也把桌子湊了過來跟我們一起吃，因為他帶太多菜了。他一打開所有的便當，我們都「哇」的大叫一聲！他帶的分量應該可以填飽三個巧克力的肚子。

他說這些是昨天和他爸爸一起做的菜，而且這些菜都是從他正在讀的那一本食譜上面學的。巧克力講話的時候會邊吃邊講又邊笑，整張臉都鼓起來，我幾乎看不到他的眼睛了。

何李羅看完五頁《我的吸血鬼王子》後，開始跟我講這本書的內容。他說前五頁講的都是吸血鬼的特徵跟歷史，像吸血鬼**永遠不會變老**、**很怕蒜頭的味道**、**皮膚永遠都很白**，而且**只喝人的血**。聽完之後我全身都起了雞皮疙瘩，這麼可怕的東西為什麼程友莘會崇拜呢？何李羅說現在很多女生都很崇拜書裡面的吸血鬼王子，因為……

「吸血鬼通常都梳妝整齊，穿衣服很有品味，尤其是他們的頭髮，都**用油梳過**。夜晚只要有風吹過，他們就顯得特別帥！」

喔……原來**長得帥**的人會比較有機會成為偉人，因為比較多人崇拜。這真是一個大發現！何李羅還說，像現在很多國家的總統都長得很好看，許多有名的企業家也是因為外表出色而更加有名。

啊，說的也是。**不是我在說**，除了阿達貼了很多變色龍海報在房間以外，誰會希望掛在自己房間牆上的海報都是一些長得奇怪的人呢？而且每一次程友莘在看《我的吸血鬼王子》這本書時，都會邊讀邊露出微笑。

看來，長得比較帥的人似乎比較容易讓人崇拜，也就是說，比較會成為偉人。我也要開始來讓自己變得更好看，這樣我才有可能成為偉人。

10月29日 星期日

五十年後的丁小飛：

請不要忘了跟阿達要回五十二元。

你現在那麼忙，有那麼多記者要訪問你，所以讓我來提醒你一下五十年前的今天發生了什麼事。

今天阿達拿走了你幫小妹開畫展收到的錢！吃早餐的時候，媽在大家面前問阿達是不是真的把我的錢拿走了，但他竟然爆料說那些錢是屬於小妹的。他還瞎掰說小妹想要買一些小便喜歡吃的東西，這樣小便搞不好就會回來了。阿達繼續跟媽報告我賣小妹的畫的事，我只好趕緊也瞎掰說那是我幫小妹存的錢。我說我打算變成偉人後，成立一個**小妹基金會**來幫助小朋友多畫畫。媽聽了以後眼睛一亮，一直微笑點頭，她覺得這個想法很好。講到基金會，媽是在一個叫「讓地球呼吸」的基金會做事，她常常跟我們說一些基金會的事，也常常跟我們說，她的工作是幫助大家更愛惜地球，所以非常的有意義。

剛開始我一直聽成「金雞會」，以為媽每天做的事就是餵金雞吃飯，然後金雞就會生出金雞蛋。

後來有一次媽很慎重的把我們帶去她公司舉辦的一個募款活動，我本來還在等金雞出來走動，爸在旁邊跟我們解釋，基金會就是鼓勵人捐錢幫一些需要幫助的人，或者是讓大家更重視這些事；通常都是由很大的公司出錢成立的。我很專心的聽爸解釋，我在想，以後如果有機會，我可以跟媽的公司談一談，我還滿需要有人幫我成立一個「**丁小飛偉人基金會**」來培養我這種有潛力的偉人，這也是一件很有意義的事。我跟媽說了以後，她只說世界上還有更需要幫助的人。

至於錢的事情，媽對阿達說，如果他需要錢去買食物給小便，應該要跟我借，而不是就這樣隨便拿，要我們兩個自己去解決這件事。穿著全身螢光粉紅連身衣的阿達很小聲的跟我說：

他大概以為五十年後不會有人記得這件事。但是他沒想到聰明的我會寫在日記上！所以：

請不要忘了跟阿達要回五十二元！

11月13日 星期一

五十年後的丁小飛：

我昨天特別畫了一幅漫畫當作我交給程友莘的心得報告。

第三節課我拿到程友莘還給我的心得，我看到上面的，也感覺到坐在旁邊的她一定正在對我微笑。不要問我為什麼知道，因為我就是知道。

自從知道長得帥比較容易當偉人後，我就開始注重我的外表，今天還特別梳了**新的髮型**！我拜託阿達上網查了吸血鬼的樣子，果然就像何李羅說的，頭髮都有用髮油抹得油油的！但我們家是沒有人在抹髮油的，爸的頭髮每天都像鳥巢，阿達根本沒梳過頭，媽則永遠提倡自然。阿達知道我想讓頭髮看起來像是用髮油抹過的樣子，他說有一個很好的辦法，就是用**沙拉油**。他幫我用沙拉油抹過後，我趕緊看了一下鏡子：

阿達說他的梳頭費是五元，要從欠我的五十二元扣，不過五十年後如果你不記得就算了。

我得意的踏進教室，程友莘卻很驚訝的看著我。當然啦！驚訝也是應該的，畢竟新的髮型是需要花幾天的時間才會看得比較習慣，但程友莘一直盯著我的頭髮，用手指頭指著我。終於，她冒出了一句話：

我趕緊跑到廁所，用水龍頭沖掉頭上的油，結果頭髮上的油跟著水一起流到我的臉上。我的臉現在整個變得油油的，怎麼擦都擦不掉。更慘的是有些油跟水也噴到我的制服，所以衣服上有一塊一塊的痕跡。

我告訴了何李羅抹油在頭上的原因。他看到我狼狽的樣子，又看到我衣服上一塊一塊的油漬，就提醒了我一件很重要的事：

丁小飛、丁小飛，除了頭髮，別忘了衣服也要穿好看一點才叫帥！

是啊！我怎麼只記得頭髮呢？今天被程友莘看到我狼狽的一面，明天一定要做點什麼驚人的事，才能蓋過今天發生的糗事。

11 月 15 日 星期 三

五十年後的丁小飛：

今天一早起床，我就被媽規定待在自己的房間一整天。為什麼呢？早上媽到我房間叫我起床，看到房間地上都是衣服和電動玩具，讓她非常生氣。她問我為什麼地上這麼亂？為什麼所有的衣服和玩具都在地上？這都得感謝牛頓呀！我從前一陣子讀到的偉人傳裡，知道他的發現真是太偉大了。

媽大概不是很滿意我的答案，所以要我把房間整理好才可以出去，真是倒楣。算了，反正我也想好好研究一件事情，就是我的穿著。何李羅說得一點也沒錯，除了頭髮以外，**穿得好看**才能真正稱為帥。我怎麼都沒想到這一點呢？我看到許多雜誌上明星們穿的衣服果然都跟我們平常穿的不一樣。不過有時候我真的覺得他們穿的衣服不是一般人可以理解的，果然穿衣服的學問很大。

偏偏這對於我來說是一件特別困難的事，我也搞不懂到底什麼是好看的衣服，好看的衣服為什麼這麼重要我也不是很懂。只要看爸平常穿的衣服就知道了。他的服裝可以分成兩種，一種是上班穿的衣服，另一種則是不上班穿的衣服。

爸無論是在家或在外面，穿得都是一樣的衣服。更誇張的是，夏天也是穿一樣的衣服，只是袖子短了、褲子短了而已。

至於阿達更不用說了，他這一陣子為了讓小便找到他，都只穿螢光色的連身衣。不過我之所以沒有什麼好衣服穿，全都是他的錯。我幾乎所有的衣服都是前幾年阿達穿過的。就連一些不適合我的衣服，媽也照樣給我穿。她一直不承認有不適合我的衣服，但是真的有照片為證：

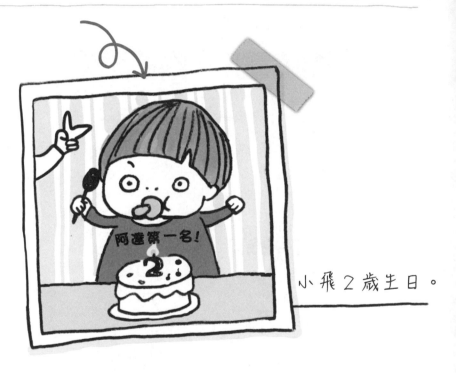

小飛2歲生日。

不過，穿阿達的舊衣服倒是有一個好處。

這就要說到媽和小妹那套一模一樣的衣服。每次出們，大家都會不停稱讚她們的母女裝。是的，五十年後的丁小飛，我和爸當然也有父子裝。不但我有，阿達也有。那件衣服是我們很小的時候，媽在遊樂園幫我們買的，我們剛開始也不知道穿這件衣服有什麼意義，但後來漸漸發現，穿這件衣服的好處其實還挺多的。

更棒的是，幾年後阿達已經穿不下了，所以他的那件現在由我來穿！這件事真的是太過癮了。但我現在已經開始尋找下一件類似的衣服，免得幾年後我就沒有衣服來讓爸開心買零食給我了。啊，不過既然五十年後的你已經是有錢的偉人，就自己多印一些這樣的衣服吧！

房間整理到一半，我看到一本相簿。翻開相簿，我發現爸原來有穿過別的衣服。

那是一件別著蝴蝶結領帶的西裝，相片上面有媽親手寫的字：

爸爸今天好帥！

原來只要戴個**蝴蝶結**就可以變得很帥了！我趕緊把媽曾經幫我買的那套小西裝拿出來。這可是很久以前當花童時媽幫我買的，當時我還覺得非常丟臉，因為「花童」這兩個字本身就應該是屬於女生的，冠在我身上真是讓我全身不自在。不過現在想想，當年的犧牲真是值得啊！

好了，我不寫了。我已經準備好接受程友莘崇拜的眼光了！

11 月 20 日 星期一

五十年後的丁小飛：

我早上起來走到客廳吃早餐的時候，大家都嚇了一跳。

不過我想他們絕對是用**羨慕**的心情來欣賞我的新裝扮。

為了避免再發生像前幾天那樣的滴油慘事，我改擦媽的護手霜在頭髮上，當然也在衣服上精心加上了一個小蝴蝶結領帶。

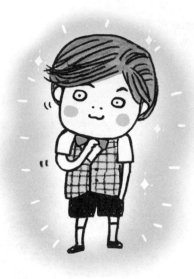

看來我又往偉人的路上邁進了一大步！

媽看到我的新造型，好奇的問我為什麼突然對穿著打扮這麼有興趣？我很認真的回答她，因為偉人通常要長得

帥，大家才會比較崇拜。這時阿達很激動的說我肩膀上好像有個很醜的東西！我緊張的檢查左右兩邊肩膀，想趕快找到那個很醜的東西到底在哪裡，結果阿達說：

真無聊。偉大的丁小飛，請你一定要記得，無論發生什麼事都不要讓阿達做你的私人助理。

這時爸放下他剛煎好的蛋，並開始講一些我聽不懂的話。他說，這就好像我們都覺得北京狗很可愛，吉娃娃也很可愛，但如果吉娃娃一直想要打扮成北京狗，那就不一定可愛了，甚至會有點奇怪。

爸在大學教書，所以常想用一些問題來啟發我們，但我們大部分的時候都是聽不懂的，就像現在一樣。我的頭上冒了好多個問號，還有很多小鳥在繞著圈圈飛。難道他的意思是說我像一隻可愛的狗嗎？媽邊幫我倒牛奶，邊接著解釋，她說真正的偉人並不會讓大家注意到他的外表，因為他們總是有一些很令人敬佩的特質，會讓你忘記去注意他們的長相。我想媽指的是她的老闆吧！媽常常跟我們提到他，他是一位七十多歲的老先生，非常有錢、非常有理想，也非常有熱情想要拯救地球，防止暖化。

不知道為什麼，每次聽到媽講他老闆的事，就會有**炸雞爺爺**的樣子出現在我腦海裡。我想應該所有的慈祥爺爺都是長這樣，→而且也都在賣炸雞吧！

媽每次講完她的工作後，就會突然說：「好！我也要努力去上班了！」然後爸就會跟著做加油的動作。

真是一對奇怪的夫妻啊！

在媽離開家去上班前，她說下個月的某一天，我們要一起到她老闆家幫他慶生。這樣也好，可以順便跟炸雞爺爺談一下有沒有可能建立我的「丁小飛偉人基金會」。我想他一定很高興有這個機會幫助我這種偉人的。

到了學校後，大家對我的新造型都感到十分驚訝。當然程友莘又更常找藉口找我講話。

我一直在等她的稱讚，但她竟然都沒有再多說什麼。

於是我想到……對了！我除了有新的裝扮，還設計出一個**招牌動作**。昨天我翻了幾頁《我的吸血鬼王子》這本書，書中的吸血鬼王子常常會有一個動作，就是用手把他的頭髮往後面撥一下。我想很多女生都會覺得這個動作很帥吧！

既然如此，我自己在鏡子前也研究出了幾個不錯的動作。

第一個是用手**撥頭髮**。

但頭上抹了油所以手上都是油。

第二個是邊走進教室邊**招手**，相當有名人的氣勢。

第三個是為了讓坐在我左邊的程友莘比較容易看到所設計的動作。

首先……

再來……

我決定用最後的這個招牌動作。**轉筆**可是我和阿達練了好久的技術！我還曾經跟阿達一起比賽，看誰可以轉得比較久。

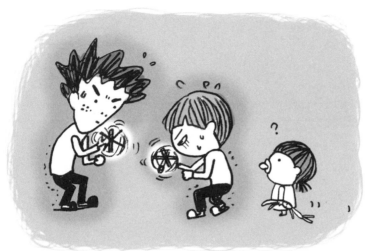

今天我故意不交心得，這樣一來就可以照我的計畫，等程友莘叫我的時候，邊回頭邊秀出我的招牌動作給她看。她一定會覺得帥呆了！那麼我朝偉人的境界就又邁進了一小步。

到了下午第二節課，我的左耳終於聽到我最期待的一句話。

但是……

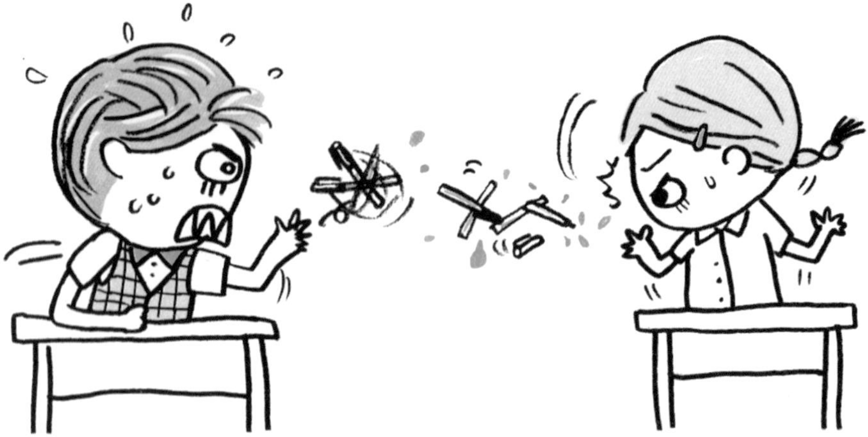

原來我拿到了紅色簽字筆。結果筆一飛，漏出來的紅墨水就滴到程友苹的制服上了！

我很不好意思的忙著道歉。她雖然一直說沒有關係，但我卻不敢再跟她說話……

看來，這下我從偉人的境界又掉下去很多很多了。

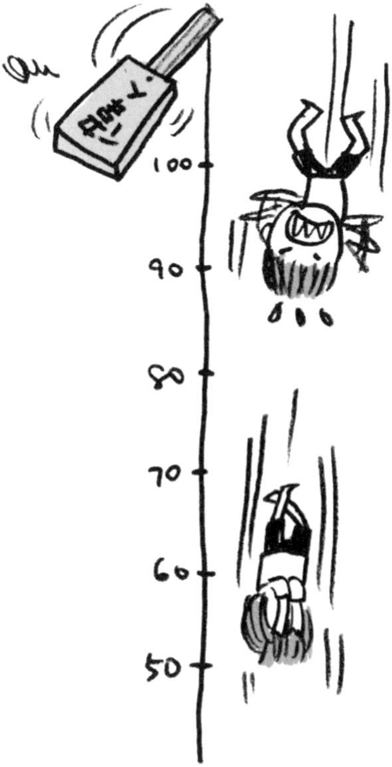

12 月 1 日 星期 五

五十年後的丁小飛：

今天早上起來我全身痠痛，為什麼呢？因為聰明的我昨天晚上決定穿著制服睡覺。這學期我已經遲到五次了，七龍珠老師說如果我再遲到一次，就要一個人在操場上做十分鐘體操。自從上個月把程友莘的制服弄髒以後，我就不敢再跟她說話了，連交最後一篇心得時，都是趁下課時間她不注意的時候，丟在她的桌上。

我已經沒有辦法在程友莘的面前再發生任何一次丟臉的事情了。如果要我在操場上自己做體操，我寧可從此以後跟鴕鳥過一輩子。

說到起床，讓我來解釋一下為什麼我要穿著制服睡覺。每天早上在我正式起床前，我都可以再賴床整整**十七分鐘**。

媽通常早上七點會叫我起床。

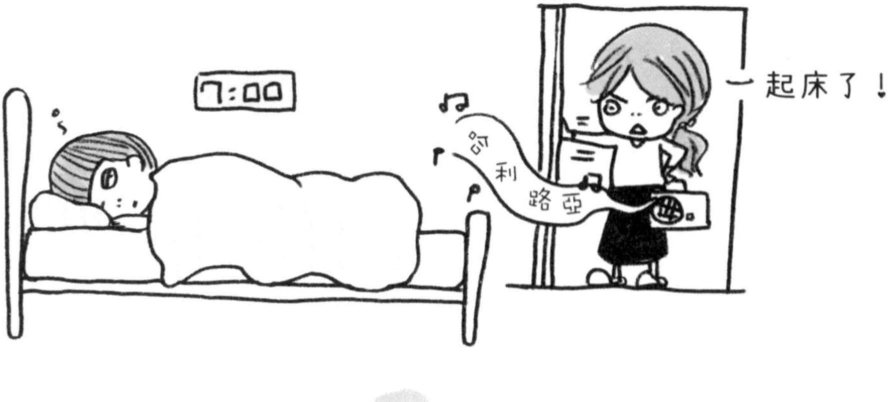

我賴床**五分鐘**後，會在床上穿上衣。

然後再繼續睡**五分鐘**。

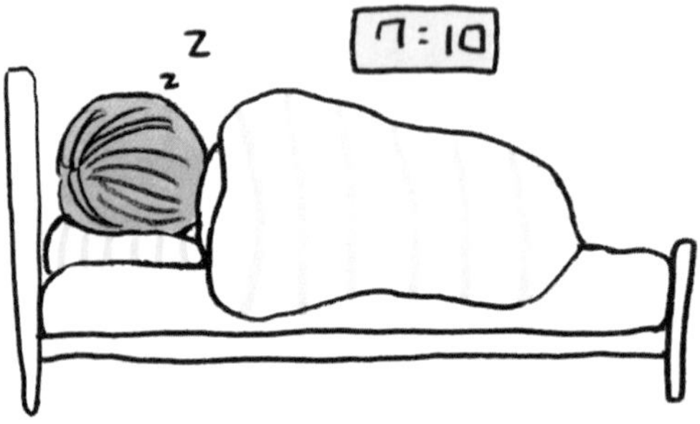

過了**五分鐘**後在棉被裡面穿褲子。

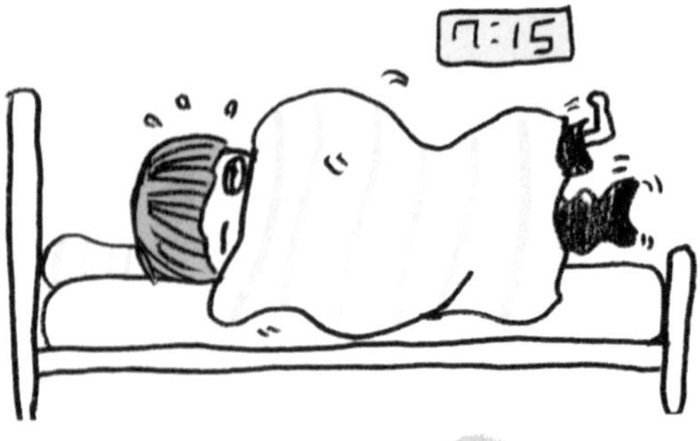

兩分鐘以後媽就會再來叫我起床。

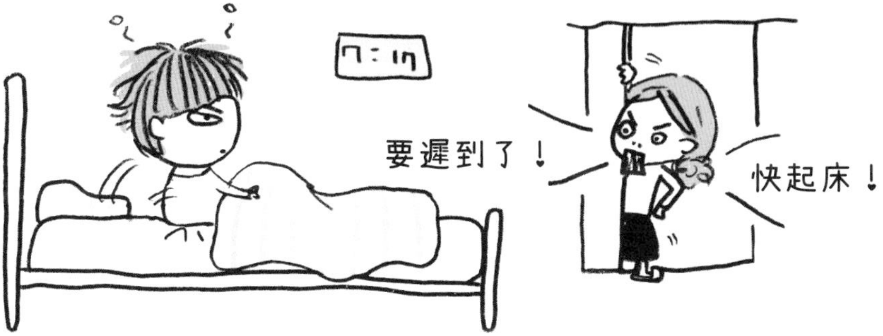

穿好制服的我就可以從床上跳起來，準備去上學了！

後來我想到，如果能省下起來穿制服的那一段時間，就可以連續多睡十七分鐘！等媽叫我起床，我只要馬上跳起來就可以出門了。但我卻沒想到制服會這麼緊，所以睡覺的時候很不舒服。五十年後偉大的丁小飛，請你建議一下發明制服的人，請他改用睡衣的布料來作制服，這樣所有的學生一定都會很感激你的。

　　而且這樣一來，程友莘一定也會對你刮目相看。

　　不過在我還沒發明睡衣制服以前，只能先換回睡衣睡覺。希望明天不要再遲到了。

12 月 5 日 星期二

五十年後的丁小飛：

當你聽到爸車上的收音機不停播放耶誕歌，那就表示**耶誕節**快到了，真是令人開心！身為四年級的我還是很想相信有耶誕老公公的存在，因為如果我繼續相信，就會繼續收到耶誕禮物。每一年的耶誕節，我們一早起來會一起拆禮物，直到有一年我和阿達才開始懷疑……到底是不是真的有耶誕老公公？

當然，如果五十年後你有證據來跟大家證明世界上真的有耶誕老公公，那也不是不可能的。

爸媽在小妹面前常常提起耶誕老公公，因為小妹非常相信有耶誕老公公的存在。他們會跟小妹說如果不乖，今年就沒有禮物，所以雖然我很懷疑，不過既然相信就會有禮物，當然也就不要跟耶誕禮物過不去。只不過阿達會常常故意用這個機會間接跟耶誕老公公聯絡。

不過看來爸媽也是跟耶誕老公公很熟的。

爸媽以前一直跟我們說，耶誕老公公可能某一年就會突然不給我們禮物，因為他真的很忙，而且他最近比較重視非洲可憐的小朋友，所以我們必須很認真讀書，這樣他才不會忘了我們。

聰明的我已經連續好幾年都用很棒的方法來跟耶誕老公公溝通，才能確保耶誕老公公不會忘了我，那就是寫信。像去年我寫的是：

親愛又敬愛的耶誕老公公：

今年我希望可以有三件禮物：

◆ 最新的電玩《機器拳擊猴三》。

◆ 剛出爐的漫畫《機器拳擊猴》第三十二集。

◆ 我正在收集的電陀螺。

你可能會認為我今年的表現無法得到全部三個禮物，但是我覺得最好的表現應該是不斷的進步和自我挑戰。共勉之。

最忠實的粉絲，

丁小飛敬上

不是我在說，通常三個禮物裡面一定至少有一個會中。

但我今年打算用一個更棒的方法來跟耶誕老公公溝通。班上的巧克力說，他每年都用「**找找看**」的方式來告訴耶誕老公公他想要的東西。巧克力說，耶誕老公公很忙，要是我們不用比較有創意的方式，他可能會把我們忘了，我聽了以後是有一點緊張，因為爸媽也是這麼說。巧克力說他都是先寫一份他要的東西，但不會全部寫完，再留一點線索讓耶誕老公公去查。

親愛的耶誕老公公：

我今年想要一個多功能的「電動〇〇〇〇〇」！

請到冰箱裡面找接下來的句子。

李克巧敬上

耶誕老公公就會去找冰箱裡的紙條，上面寫著：

「電動食物〇〇〇」！

最後三個字是什麼呢？請再到餐桌底下找我貼的紙條。

等到他找到後，答案就出來了！

「攪拌器」！

是電動食物攪拌器！

巧克力說他一直都是用這樣的方法，這樣耶誕老公公一定會印象很深刻，所以他每一年都會收到禮物。我必須說這個方法還真的滿好的，看來我也得好好想一下，讓耶誕老公公有印象才行。

十二月除了耶誕節以外，還有一件很重要的事，就是十二月的最後一天是**媽的生日**。前幾年我已經絞盡腦汁用不花錢的方式送媽一些有創意的禮物，像畫一張自畫像啦，摘一朵花啦，甚至是我唯一一張一百分的數學考卷等。媽常跟我們說，她喜歡不花錢又有創意的禮物，但我相信阿達只有聽進「**不花錢**」這三個字，完全沒聽進「**有創意**」這三個字。像前年他送媽一個很奇怪的東西：

↑用繩子綁起來的撲克牌 Queen

我不用說你大概也猜得出來，爸那一年從阿達那裡收到什麼生日禮物吧？

去年他則是送了媽一張ＣＤ，然後用繩子吊起來，他說媽可以用來當鏡子。

我覺得媽一定很想把這奇怪的禮物轉送給別人，不過能夠送給誰呢？我看只有一個人會接受，那個人姓垃，名叫圾桶。

12月7日 星期四

五十年後的丁小飛：

今天上第五節課時，七龍珠老師說從下個星期開始，有興趣的人可以報名參加學校舉辦的「**五十年後的創意生活大賽**」。還記得我們要把東西放在**時光膠囊**給五十年後的自己吧？學校希望大家一起動腦，想一想五十年後的我們會碰到什麼樣的事，活在什麼樣的環境，而五十年前的我們又做了哪些事來鼓勵或制止這些事呢？七龍珠老師舉了一個例子，她說她覺得五十年後垃圾一定越來越多，多到沒有地方倒垃圾，所以我們現在可以盡量減少垃圾的產生，這樣五十年後的人可以有更好的居住環境。

學校會選出講得最好、最有創意的學生，然後在畢業那一天埋時光膠囊之前，請這位學生上臺講出他的想法，整個演講還會錄下來跟時光膠囊一起埋起來，這樣五十年後的人就會知道我們做了哪些事情來讓他們有更好的生活。

原本我對演講實在沒興趣，但一聽到可以把這段演講錄下來給五十年後的人看，身為未來偉人的我一定不能缺席。這時坐在我後面的何李羅突然站起來發言，但他站起來的時候太用力，而我的椅子又離他的桌子很近……

我整個人就從椅子上摔下來。不但如此，連我在桌子底下偷看的漫畫書也一起掉了出來！

於是我一直擔心會發生的第二件事就這樣發生了。

❶第一件令人擔心會發生的事：在操場上自己做體操。

❷第二件：被老師叫到講臺前上課。

結果我今天在七龍珠老師旁邊上了一整堂課，真是超級倒楣。

12 月 12 日 星期 二

五十年後的丁小飛：

早上吃早餐時，媽說今年我們要到她老闆家——也就是炸雞爺爺家——一起過她的生日，因為炸雞爺爺的生日只比媽媽早兩天，而且今年又是他的八十歲大壽，所以媽要我們一起去幫他慶祝。**不是我在說**，我連媽的禮物都還沒準備好，現在還要準備炸雞爺爺的禮物，看來得花點時間好好想一下才行。不過我已經有個最壞的打算！要是到時候還是想不出要送什麼禮物，那頂多就是幫媽按個摩。

到了學校以後，七龍珠老師宣布，班上已經有人要上臺報告五十年後的創意生活了。不用問我都可以猜得到，一定是坐在我後面的何李羅。果然，何李羅快步走向講臺，開始跟大家說他的想法。他說他相信五十年以後，大家都會開始用機器人來做家事，煮飯、洗衣、打掃、遛狗，甚至帶小孩。公司也會開始僱用機器人來上班，一些基本的電腦作業也會由機器人來做，也就是說我們人類的工作機會將越來越少。他說為了要讓五十年後的

我們能夠與機器人競爭，必須更努力的念書，才能勝過機器人。

其實我是覺得沒什麼好準備的，我們應該要好好期待機器人為我們服務的快樂時光。說真的，如果真的有機器人幫我們做事那就太好了！

主人，再來點香檳汽水？

我也已經想好我上臺要講的內容，而且我必須說，我的創意真的是好到無人可比。五十年後一定會有人發明**時光機**！也就是說，我們可以坐著時光機回到從前或穿越到未來，就好像坐飛機那麼方便。而發明時光機的這個人就是偉大的我。五十年後，我就可以坐著時光機回到現在，然後很大聲的對程友莘說：

程友莘，以後丁小飛是一個偉人，請你現在就開始崇拜他。

至於現在我們需要做什麼事來改善五十年後的生活呢？那很簡單，就是我們什麼都不必做，只要等未來的人來告訴我們以後會發生的事就好了。這樣一來，我們就不必花時間在一些無法達成的事情上。

但我得成為最後一個上臺講的才行，不然這麼好的想法是很容易被人抄襲的。

何李羅下臺後，大家為他鼓掌拍拍手，接下來走上臺的是坐在我左邊的程友莘。自從上次不小心把紅筆的墨水噴到她制服上以後，我就不敢再正眼看她。一看到她就讓我想起自己離偉人境界是多麼的遙遠，有多遙遠呢？就像從教室到宇宙來回跑一百趟那麼遠。

程友莘講的主題是有關五十年後動物和地球環境的變化。首先她把一些照片放在黑板上，並且說五十年後因為**溫室效應**的關係，地球會越來越熱，北極的冰會一直不停的融化，到時候很多住在北極的動物就會慢慢絕種，所有的陸地也會漸漸消失，變成一片海水。講到這裡，班上的很多人都安靜下來，看著黑板上可憐的北極熊站在快融化的冰上的照片。

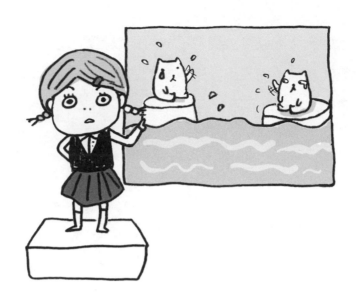

其實我心裡想說變成一片海水也好，最好把我那些藏起來的零分考卷也一起沖走，就永遠都不會有人發現了。

這時候巧克力在我耳朵旁邊小聲的說：

程友莘說她覺得每個人都有責任為未來的人做些事情，建議學校每年選一天作為「**地球日**」。這一天，每間教室都需要遵守地球日的規則，例如每個班只能開部分的燈，一整天都不用電腦，也不能用手機；大家要帶便當和環保碗筷，一起騎腳踏車上下學，並且下午要一起參加環保課程。而更重要的，是鼓勵大家在這一天踴躍捐零用錢給專門提倡環保的慈善機構，希望有更多的人能夠知道如何節能減碳，這樣一來就能夠延緩地球暖化，北極熊也能夠活得更久。

這時大家都很踴躍的為程友莘拍拍手，連七龍珠老師也開心的走到講臺前稱讚程友莘的想法非常有意義。程友莘接著說，其實世界上有很多公益團體都很需要我們的支持，像許多很有名的企業家或明星都會把他們賺到的錢捐給可信賴的公益慈善團體，因為他們知道身為一個公眾人物，有責任讓大家多重視一些民眾常忽略的事情。然後程友莘笑著說：

會把賺到的錢捐給需要的人和做公益，才是真正令人尊敬的偉人！

在臺下的我一聽到「**偉人**」兩個字，耳朵突然豎了起來。我看著程友莘微笑的臉，好像她就是在對著我說這件事。原來當個**有錢人**也是成為偉人的方法之一啊！我怎麼都沒想到呢？我一直很懊惱沒有辦法像吸血鬼那麼帥，卻

忘了還有別的條件可以成為偉人。接下來一整天，在學校發生了什麼事我已經不記得，滿腦子都在思考著要怎麼樣才能變得很有錢，這樣程友華才會改變她對我的印象，了解我是一位真正的偉人。這是我現在最重要的目標！

回到家後，我趕緊把藏在衣櫥的小豬撲滿打開。

但看到撒出來的幾個銅板，頓時又讓我感覺自己離偉人的境界是多麼的遠。有多遠呢？像從家裡飛到宇宙一百次那麼遙遠。

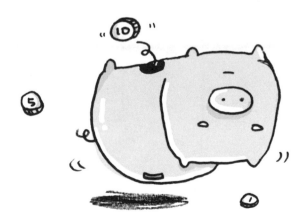

12月22日 星期五

五十年後的丁小飛：

今天阿達又做了一件讓我非常生氣的事。下午我回到房間想要把日記拿出來寫，卻發現我的日記本不見了！我到處翻都找不到，後來竟然在阿達的房間找到了，而且還在他的書包裡。偉大的丁小飛，看到這裡你一定會有一個小問號出現在你的頭頂——為什麼我會突然到阿達的書包裡找呢？這真的不能怪我，因為阿達的書包打得非常開，而且就躺在他的房間門口，好像非常歡迎我來調查一樣。

我很生氣的跑去問阿達，他還打包票叫我放心。他說他今天拿到學校去看的時候，原本有很多同學想要一起偷看，但他很有正義感的跟大家說：

說完後，他就低頭繼續看我寫的日記。我聽完後真是快暈倒了！不過說真的，我上次也偷看了阿達寫的無聊日記，所以想想自己也沒辦法理直氣壯的跟阿達理論下去。阿達說看完我的日記後，非常支持我的想法，他也覺得有錢的人比較有可能成為偉人。

我用腳趾甲想也知道阿達一定是有事要跟我商量——果然，他說他覺得我們兩個應該一起合作，一起想辦法賺多一點零用錢。自從小便不見了以後，阿達想了很多辦法要找到牠，最後一次他提到小便是上星期吃晚飯的時候，爸說：

不如你去買一隻母的變色龍，
小便就會想回來了！

頓時阿達的眼睛一亮。

　　但媽馬上補充說明要阿達自己去想辦法存錢才行。以阿達的智商來看，我想他可能要存一百年才有可能存到買另一隻變色龍的錢，所以他來問我時，我就先說我要考慮一下，但我的腦子裡已經有很多不錯的畫面了。想到這裡我就高興得睡不著覺。

晚上阿達和爸媽吵了一架，原因是阿達說他在媽生日那一天突然有事，所以沒辦法跟我們一起去炸雞爺爺家慶祝。阿達說昨天晚上夢到小便告訴他，牠會在十二月的最後一天跟阿達一起做新年倒數，所以阿達說他一定要留在家裡等小便。爸媽說如果他不去，以後就算小便回來，他們也會把牠送給隔壁的鄰居，所以現在阿達超級不高興。我想那天他大概會戴著一張大便臉到炸雞爺爺家吧！

12 月 25 日 星期一

五十年後的丁小飛：

我們一早七點多就起床了，因為今天是**耶誕節**，是三百六十五天當中我最喜歡的日子的第二名（第一名是一位偉人的生日，就是**我的生日**）。不知道五十年後的你是不是還很興奮耶誕節的來臨呢？早上大家一起在耶誕樹前面打開耶誕老公公送我們的禮物，爸也趕緊拿出他最寶貴的照相機準備為我們照相。我打開我的禮物，裡面竟然有兩包！一個是媽送的環保袋，另一個我不用開就已經知道，一定是我跟耶誕老公公要的最新桌上遊戲《哈拉骨頭迷宮》。這個遊戲適合兩人以上玩，就是用骰子決定誰走幾步，看誰可以先把埃及的哈拉骨頭找出來。

自從聽到巧克力跟耶誕老公公玩的「找找看」以後，我發明了一個超級無敵有創意的方法來讓耶誕老公公印象更深刻！跟巧克力一樣，我寫下我要的東西，然後留了一點線索：

親愛的耶誕老公公：

今年我要的東西是「哈ＸＸＸＸＸ」！是什麼呢？請去找十二月十一日的「日日時報」的第二刊的第三頁的第三行的第十個字，你就可以查到了！

丁小飛敬上

A3 民國一一二年十二月十一日
根據報導，今天被通訊的李大明
總經理被記者追問時，突然和記
者產生衝突，於是有拉扯的一個
動作產生，雖然後來李經理已經
透過媒體發出道歉聲明，但受傷
的記者說李經理
已經是第三次了
他打算提出告訴
李大明經理原本
線索？

我把所有的報紙都堆在旁邊，耶誕老公公比較方便找。

耶誕老公公找到第一個字以後，將會看到第二個線索貼在報紙旁邊：

親愛的耶誕老公公：

是「哈拉什麼」呢？請見十二月十五日的「大中時報」的第五頁的第八行的第一跟第二個字！

A5 民國一一二年十二月十五日

國際文化交流會議

今天在國際文化中心所展開的文化交流將有十五個國家將於一月十三日舉行。除了有來自荷蘭的鬱金香，來自中國陝西的秦俑，還有遠從埃及來的木乃伊骨頭，相信此展必不同凡

迎

大小朋友

快來不要

麼精采絕

我一共貼了五張紙條在五份不同的報紙上，相信耶誕老公公一定覺得很好玩，很想快一點把線索都找出來。我看只有很聰明的人才會想出這麼好的遊戲！我覺得連耶誕老公公都應該會開始崇拜我這麼一個偉人了！

我一打開耶誕老公公給我的盒子，裡面裝的是程友莘最喜歡的 Hello Puppy。

我很懷疑耶誕老公公是不是送錯禮物了？我轉頭跟爸媽說我覺得他搞錯了，我要的東西是《哈拉骨頭迷宮》才對。我把我設計的遊戲解釋給他們聽，爸摸摸頭說一定是耶誕老公公太忙了，可能只猜到「哈拉」兩個字，哈拉的英文跟 Hello 有點像，所以他一定以為我要的是 Hello Puppy。我真的是快暈倒了！

大家在合照的時候，我特地把頭躲在 Hello Puppy 後面，希望永遠不要有人看到我今年的耶誕節竟然拿到了一個女生的禮物。

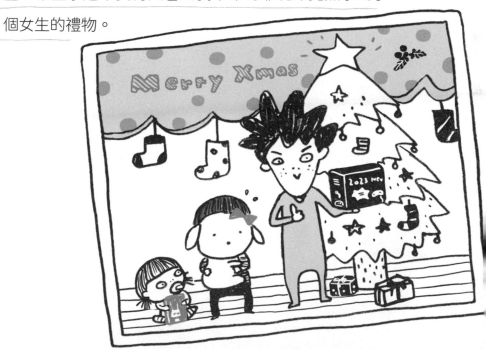

12月31日 星期日

五十年後的丁小飛：

晚上要到炸雞爺爺的家，所以我趕緊準備好精心製作的禮物。我打算送媽和炸雞爺爺同樣的禮物，而且我很有把握他們一定會很喜歡我自己創作的禮物。要出門前，我以為會看到阿達的大便臉，但他好像完全忘了要等小便回來這件事，繼續穿著他的螢光粉紅連身衣一起出發。到了炸雞爺爺家，出來開門的就是炸雞爺爺本人，但他長得跟我想的超級不一樣。

他長得一點都不像賣炸雞的爺爺，比較像是一棵仙人掌，所以我只好改稱他為「**仙人掌爺爺**」。

就在大家邊聊天邊開心吃飯吃到快結束時，我從我的小背包拿出準備好的兩件禮物，分別送給媽和仙人掌爺爺，並且祝他們生日快樂。他們打開我的禮物後，看到兩本我自己畫跟寫的雜誌：

這兩本一模一樣的雜誌有二十頁，每一頁都有我精心寫的文章或畫的圖，內容都是我身邊發生的事。所有的文章都是我訪問每一篇的主角本人，然後再寫跟畫出來。

媽和仙人掌爺爺看得很高興，雜誌的最後一頁還寫著：

是的，這就是身為未來偉人厲害的地方。為了成為有錢人，我已經絞盡腦汁想出了一些方法來賺零用錢，其中一項就是好好利用媽的生日來製造機會。我跟他們說我很需要賺零用錢，所以我想到可以自己畫雜誌來賣給大家。當仙人掌爺爺問我為什麼需要錢時，我也很老實的告訴他：

他和媽聽了之後想了幾秒鐘，兩個人都笑著答應先訂一個月的雜誌。每個星期我會出一本，一本十元，所以一個月就有四十元，兩個人就是八十元。本來我想叫爸一起訂，但爸說他跟媽一起看就好，所以我少賺了四十元。但他稱讚我說這個想法非常好，也歡迎我常常訪問他。

如果你在猜阿達這一次會送什麼奇怪的禮物，請不要期待太多。因為他畫了兩張奇怪的圖送給媽和仙人掌爺爺。

他說他常常看到媽量體重時一直很懊惱，覺得自己瘦不下來，所以乾脆畫一張她希望看到的體重機數字給她，這樣以後就不會不開心了。如果我猜得沒錯，我想今年垃先生可能又會收到媽的禮物。

這時爸則神祕兮兮的從背後拿出一張報紙，說是他為媽準備的生日禮物。我原本以為爸打算很混的用報紙摺成一個紙船或小垃圾桶之類的，但仔細看才知道原來他是要媽看其中一篇報導。報導寫著有一堆松鼠被放出來和一個人被警察抓起來的消息。當阿達還在抓頭搞不清楚是什麼意思時，我已經聯想到一件事。前幾個月我們一起到百貨公司逛街，路上我們看到有小販在賣小松鼠。那些小松鼠的脖子被鍊子套著，而且小販不准牠們把四隻腳放在地上，只准牠們用兩隻腳站著，大概是因為這樣比較可愛吧！當大家都圍著看時，媽很生氣的跑到前面跟販賣的人說，松鼠是野生動物，不可以拿來販賣，而且用鍊子綁住脖子和不准牠們用四隻腳站立是違反自然的。

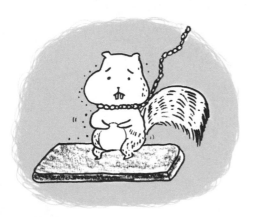

但小販根本不理媽，所以兩個人就大吵了起來。後來媽帶著我們離開，但看得出來媽看到可憐的松鼠被綁起來是很難過的。

我們看到報紙上寫著有一位丁先生，每天不停的打電話到保護動物協會，希望他們可以採取行動，但因為販賣松鼠的人行蹤不定，所以很難抓到他。報上寫經過丁先生的努力，這個人終於被警察找到，小松鼠們也獲得自由回到大自然了。

媽看完以後很感動，她說這是她收到最好的禮物，因為那位丁先生就是爸！仙人掌爺爺也很開心的說，爸準備的禮物非常好，非常有意義。

吃完飯離開仙人掌爺爺的家後，爸開車載我們回家，在車裡我把手伸進口袋裡面，摸著我剛剛賺到的**八十元**。我提醒自己得趕緊想辦法多賺一點錢才行，這樣到時候如果程友莘的想法被採用，我就可以馬上捐很多錢來表現我身為偉人的愛心！

1月1日 星期一

五十年後的丁小飛：

很多人喜歡在新的一年許下新的目標或新年新希望，但我看好像大部分的人每年都是一樣的目標，只不過是不停的重複而已。就拿媽來說好了，她每年都訂下一樣的目標：

爸也一樣。

阿達也是。

我也差不多。我每年都很有熱忱的許下目標：

老天爺，希望世界上的人
都跟我一樣聰明……
希望大家都知道我是偉人……

不過今年卻有點不同。

阿達希望今年可以找到小便。

連小妹今年也開始有新目標。

而我的話，當然也有新的偉大目標：

不過跟別人不同的是，除了每天希望以外，我連計畫都想好了。現在我已經有一個月的雜誌收入八十元，但為了能在程友莘面前很大方的捐出更多的錢，好讓我可以翻身成為她心中的偉人，我得想出更多賺零用錢的方法才行。班上有些同學像巧克力，他的口袋永遠都有一些錢，因為他爸媽每個星期都會給他固定的零用錢，讓他去買他想要的做菜食材。何李羅說他也會有固定的零用錢去買他想要看的書，有時候考試考得好，他爸媽也會給他零用錢做獎賞。

但我的爸媽卻沒有這些制度。媽說考試考得好是對自己負責，所以不會有獎賞；就連做家事這種事也不會有，因為他們認為幫忙家裡本來就是應該的。媽說如果我很需要錢買東西，只要**合理**，他們都會買給我。但**不是我在說**，「合理」這兩個字本身就是令人很難理解。像我覺得買機器拳擊猴的電動遊戲是世界上最合理的事，但媽卻不這麼認為；可是小妹想要買一模一樣、只是顏色不同的小毛象時，媽又覺得很合理。所以我也搞不太清楚所謂的合理到底是怎樣？

要從爸媽那邊賺到錢還真的有點困難。像昨天媽看到雜誌上有一頁廣告，上面有一隻大黑熊在街上穿著衣服跳舞，旁邊有一個人用鍊子牽著牠。廣告上寫如果每個人捐五十元來支持動物的權利，就可以幫助他們制止這種殘忍的事情，而且捐了以後他們還會給你一件衣服。

媽立刻把那一頁撕下來準備要捐錢，我看到後趕緊跟媽說：

不如我也在街上跳支舞，
你可不可以也捐五十元給我？

起初，她說「**不行**」，然後就走掉了。後來又笑著說，既然我這麼認真想要捐多一點錢給慈善機構，那她願意再給我一百元！我聽了真是開心，想想看如果我的雜誌可以出版六個月，一個星期十元，一個月兩個人就是八十元，六個月的話就是四百八十元，再加上媽給我的一百元，一共是**五百八十元**呢！那可是很多很多的錢！想到這裡就很高興，希望程友華的地球日計畫能夠被學校選中，我就可以照我的計畫捐很多錢，正式成為偉人了。

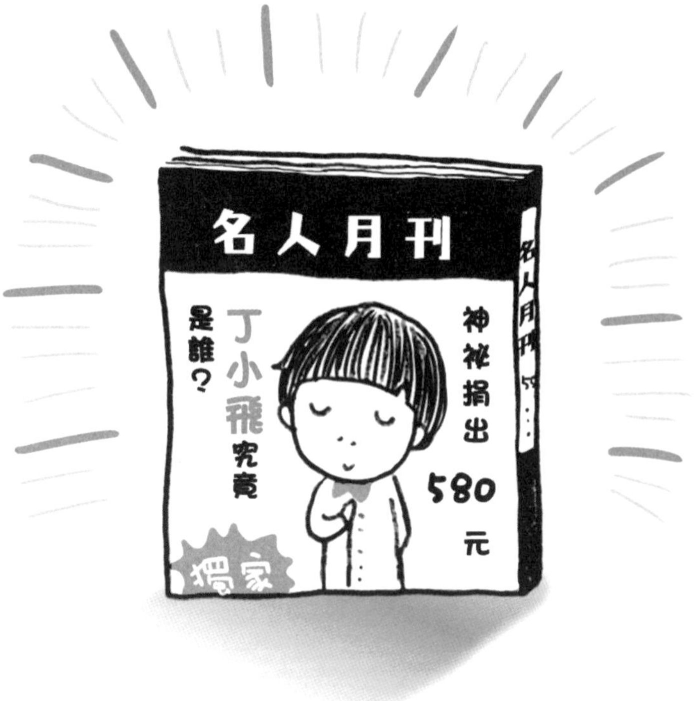

1月5日 星期五

五十年後的丁小飛：

為了表現出我是一個有錢人，我今天特別在程友莘面前很大聲的說出這件事：

今天班上也陸續有人上臺說出自己的五十年後創意生活計畫，希望自己的想法能夠被學校選上。巧克力說他覺得五十年後大家對食物方面的要求會跟現在不一樣，大家會更重視自己的健康，所以建議從現在開始，就應該多採取無農藥的方式種菜。

另外一個同學吳心心說，她覺得以後我們會跟外星人成為好朋友，所以要開始學習如何跟不同背景的人交朋友。

接下來有一個人從最後一排走到臺前，他是我們的副班長金思高。

我永遠搞不懂為什麼有人的名字要取得跟藥膏這麼像，不過金思高功課好，打躲避球更是厲害！他永遠都是最後一個留在場內的人。

而且很多女生都說他長得很帥。我沒注意過，因為他坐的位置離我實在太遠了，我很少跟他講到話。

　　金思高上臺後開始說出他的想法。他說五十年後，大家生活會越來越忙碌，運動的機會也就相對減少，要是這樣下去，大家都會變得越來越胖、越來越不健康。他覺得從現在開始，學校就應該加強對體育的重視。如果他的計畫被選中，他願意請他爸爸捐給學校一百顆躲避球，每一年都要舉行校內班際躲避球賽，另外還要成立躲避球校隊，可以到處去參加比賽，甚至出國和其他國家切磋球技。

　　對於他的說法，大家都感到非常有興趣，臺下「哇」的聲音此起彼落。金思高又接著說，他也覺得程友莘之前提的地球日非常好，所以……

如果程友莘的地球日被選中，我願意請我爸爸捐出一萬元來支持捐款活動！

一萬元？我的算術超級無敵差，但我相信那應該是我好幾年的雜誌和好幾百次懇求媽的捐獻才能籌到的錢啊！大家熱烈的不停拍手，程友莘也邊拍手邊站起來說，金思高是全班的典範。金思高走下臺，經過程友莘的座位，他們兩個人還擊掌表示很支持對方。

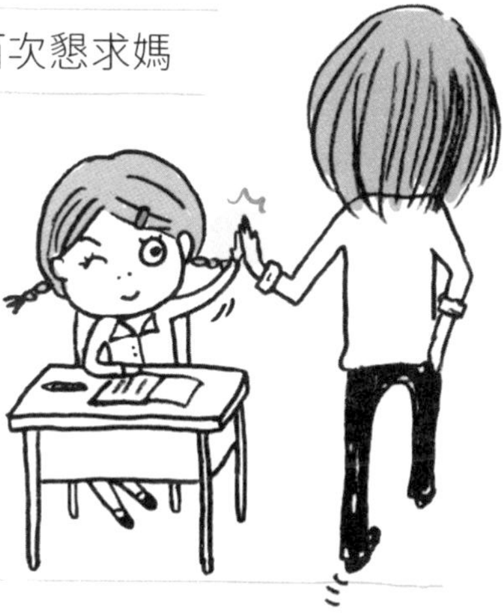

要是他過來跟我擊掌，我一定會假裝要抓頭。

好了，這下我又飄離偉人境界，回去跟鴕鳥過日子了！怎麼辦？

1月8日 星期一

五十年後的丁小飛：

現在的你又有司機又有私人飛機，一定是超級有錢！但你會不會還是覺得永遠有人比你更有錢呢？我現在就碰到這樣的問題。經過我的調查，我發現原來金思高的家裡非常有錢，何李羅說他的爸爸好像是某個很有名公司的老闆，所以每天都會有黑色的車接送金思高上下學。

當然我也是有車子來接我下課，可是是媽推著小妹的娃娃車來接我。

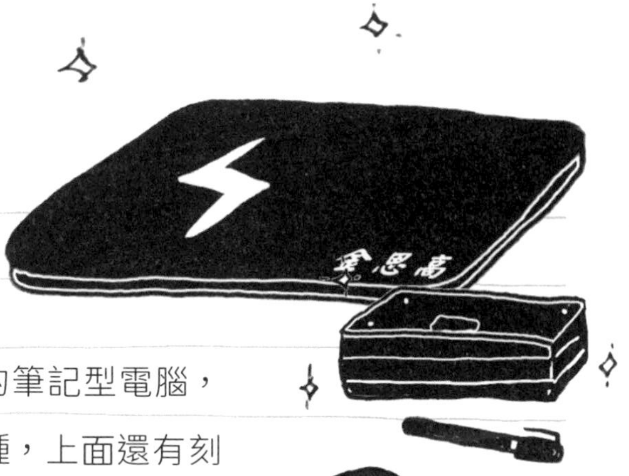

　　我還發現金思高的文具永遠都跟別人不一樣，他有自己的筆記型電腦，而且是很貴的那一種，上面還有刻他的名字，就連鉛筆盒也非常的炫。

　　最嚇人的是他有最新款手機，裡面還有很多他買的電動遊戲和應用程式 App，有時甚至連老師也會跑去問他怎麼使用手機的功能。

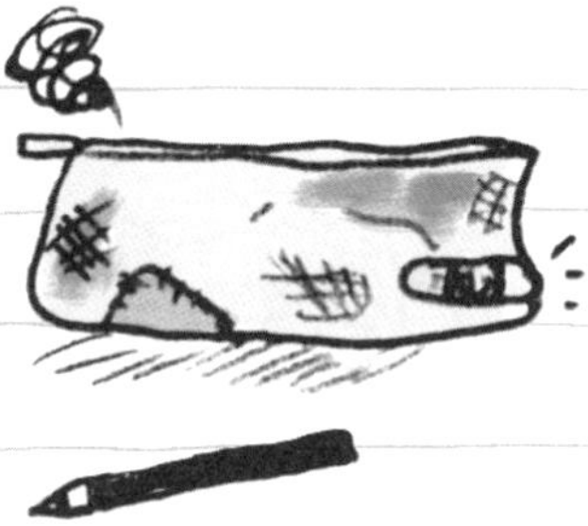

　　我的鉛筆盒是一個已經有破洞的布袋，因為媽說用布的比較環保。媽說我們的鉛筆盒一個學期只能買一個，所以後來爸幫我用 OK 蹦把洞貼起來，就算壞了也要想辦法繼續用。電腦的話，我和阿達則是共用一臺小電腦，但是是那種很舊很慢的機型。每次打開電腦，電腦就會發出一個類似地震的聲音，而且重點是，電腦的桌布是媽設定的一張照片，照片內容是我和阿達小時候一起洗澡的樣子。

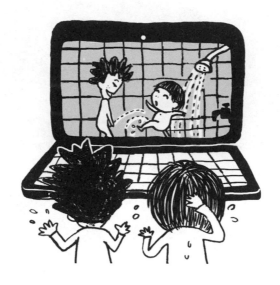

有好幾次我們想換掉照片，但媽總是不肯。她說要提醒我們以前兄弟的感情有多好，但也就是因為這樣，我和阿達都拒絕帶電腦去上課。我一定要想辦法在成為舉世聞名的偉人之前，把那張照片刪掉，不然以後一定會成為八卦周刊的頭條。

總而言之，我和金思高是在**完全不同的水平**，真是太令人沮喪了。最近我常常看到程友莘和他兩個人走在一起講話，這讓我決定要更積極的努力變成有錢人。

講到成為有錢人，必須非常自豪的提一下我自創的雜誌，因為裡面的內容都是我細心觀察的真實事件！但媽對我的雜誌有很多意見，她說我寫的大多不是事實。其實雜誌內容都是我平常看到的事情，可能他們自己都不覺得有發生這些事吧！

Q：為什麼媽老是用一隻腳量體重呢？
Q：為什麼爸總是脫掉衣服量體重呢？

原本之前我都是用影印機再印一份，然後請媽帶到公司給仙人掌爺爺。後來媽說不要浪費紙，所以她先看完後

再給仙人掌爺爺看，然後再帶回家，這樣就可以留下來做紀念。**不是我在說**，還是媽有概念！五十年後的丁小飛，相信你現在應該有屬於自己的博物館，展示你收集的骨董啊，名畫啊，小時候的珍藏等，這時你可千萬不要忘了讓媽也有機會賺點小錢喔！

除了畫跟寫些家裡的事以外，我還會把學校發生的事寫出來。像前一陣子操場上莫名多了一堆鳥大便，還有四年二班的門口突然出現了神祕的手印，於是大家都在討論手印的由來……等。還有上一期的封面是阿達吃義大利麵時，因為我說了一個笑話，他笑到麵條從鼻孔噴出來的樣子：

當然少不了我自己編的漫畫。

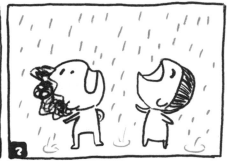

媽說以後像阿達這種不雅的圖就不要再畫了，我倒覺得她應該叫阿達不要再做這種不雅的動作才對。媽說我可以參考一下他們基金會出的免費雜誌，搞不好可以登一些如何節能減碳的小方法。我想也好，這樣以後人家訪問我時，也可以顯現出我從小就對環保很有概念。

1月9日 星期二

五十年後的丁小飛：

今天發生了一件超糗的事，讓我再度想搬回去和鴕鳥做鄰居。中午吃便當時，我從環保便當袋拿出媽幫我準備的午餐，結果竟然是：

大家一直在笑，真是太丟臉了，一定是媽把給小妹帶到幼兒園的袋子跟我的搞混了。下午在打躲避球時，又有更糗的事情發生。平常我都會故意踩線出局，這樣我就可以在外場站在當裁判的程友苹旁邊，但今天我決定加入戰局，跟金思高拚一下。可是程友苹才吹哨子沒多久，我就被金思高狠狠的打出局，而且我還是第一個被打出局的人。

我的鼻血流個不停，旁邊的同學只好把我帶到健康中心。

我從健康中心的窗戶望出去，看到程友莘笑著把球丟給場內的金思高。鼻孔插著衛生紙的我下定決心，除了要賺更多錢，也一定要把躲避球練好，才能跟金思高一決高下！講到這裡我就想到阿達，雖然阿達是個**頭腦簡單**的人，但頭腦簡單通常**四肢就會發達**。阿達的躲避球打得非常好，看來我得跟他商量，請他教我一些小撇步才行。

五十年後的丁小飛，雖然我現在的樣子很狼狽，但偉人是不會因為流個鼻血就被打敗的。

1月12日 星期五

五十年後的丁小飛：

經過幾個星期關在房間努力思考後，我已經想出一個超級無敵完美的計畫了。前幾天小妹又跑來我房間要我陪她玩，我一不注意，她竟然把媽耶誕節送我的環保袋當成圖畫紙。

但也就是因為這樣，我想到一個可以展現我**聰明才智**，又可以散發出我**偉人氣質**的方法。如果程友莘的想法被採用的話，無論我再怎麼努力賺錢，家裡超有錢的金思高一定會拿出比我更多的錢。爸上次告訴我，通常大家會

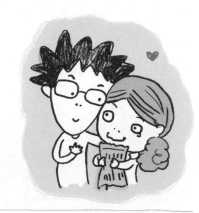

很羨慕有錢人，是因為他們可以買很多東西，但是其實真正值得崇拜的人，是那些花很多時間努力跟想辦法賺錢的人！媽接著說，就像上次爸送給她的生日禮物一樣，雖然不花任何錢，但因為爸很努力想要完成媽的願望，那個禮物比買東西更厲害。

所以想來想去，不如我把想到的賺錢方法和幫助程友莘的想法，跟全班報告。我稱這個計畫叫做「**幫助程友莘地球日想法的計畫**」，就好像爸幫媽完成她的願望一樣，經過我這個偉人的策畫，程友莘的想法就更有可能實現了。

我決定把所有可以賺錢的方法結合「地球日」的環保概念，舉辦一個全校的**義賣園遊會**。

除了之前程友莘提議要在那一天關手機和開一半的燈不用電腦，及安排環保的課程以外，我們還可以擺很多攤子，舉辦很多好玩的活動來募款。

我還寫下許多攤子義賣的想法：

一、每位同學都幫自己的環保袋設計圖案，畫上去之後可以擺到攤子上義賣。

二、可以請同學幫忙準備好吃的糕點，也拿到攤子上義賣。

三、玩簡單的收費遊戲。

四、把家裡不要的東西做成藝術品來賣。

五、把舊書捐出來賣。

六、一起種樹，還可以舉辦認養樹的拍賣會！

七、最重要的是，可以訂閱**偉人的雜誌**！或是全班同學一起編的班刊。

我把我偉大的想法給媽看，她說除了這些以外，還可以請大家回收印表機裡空的墨水匣，舊的手機、電腦、照相機等這些大家常常換新的電器，捐出來給慈善機構。我把這些想法寫在要報告的海報上，寫完後我想到一個更重要的項目——我一定要讓我流鼻血那一天發生的糗事完全從大家記憶裡擦掉才行！所以我打算在地球日那天舉辦一場「**世紀躲避球大賽**」，而且我一定要成為最後一個留在場內的人！

1 月 15 日 星期一

五十年後的丁小飛：

今天是我上臺報告的日子，我特地穿回之前設計的背心加抹油頭，把準備好的海報帶上臺。在家練習的時候，爸說要記得**三秒鐘換鏡頭法**，也就是眼睛在看臺下的觀眾時，要先在一個地方停三秒鐘，

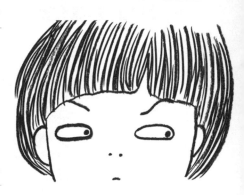

然後再換一個地方停留三秒鐘，

再換另一個停三秒鐘。

我很有自信的走上臺，把海報放到黑板上，然後跟大家報告我的主題。一開始我先給全班看我畫好的一幅漫畫：

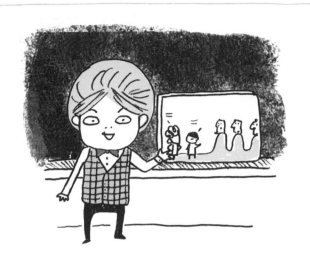

然後一張一張拿下來，

大家都哈哈大笑之後，我就清清喉嚨說，很多人都喜歡討論何時要開始省電和多久要做一次環保，但事實上就在我們討論的時候，北極的冰仍然在融化，北極熊不會等我們討論完以後才消失，所以我在這裡要支持程友莘的想法，而且我想了一些環保概念，用來跟大家一起募款。我把海報一張一張的拿下來，讓大家看我們在地球日那天可以在園遊會擺哪些攤子來募款。

除了擺攤子，我跟大家說我們還可以編班刊，以及辦一場非常有意義的活動，那就是躲避球大賽！我提議可以每個年級都分成兩隊來比賽，這樣一來大家也可以跟別班同學一起練習，然後地球日那天，每個年級都可以有一場躲避球冠軍賽。球賽在學校的室內活動中心舉辦，要去觀賞比賽或去加油的人得買門票進場，這樣一來不但可以募款，也可以實現金思高想讓大家運動的建議喔！

講完之後，大家都很熱烈的拍手！七龍珠老師走到我旁邊，稱讚我的建議非常好，而且她非常贊同我的說法。她覺得每個人每分鐘都應該為地球做點事，而不是等學校或老師同意才來實施節能減碳。她還說無論我的計畫有沒有被選中，我們都應該來舉辦這項活動！說到這裡，何李羅馬上舉手站起來說：

下臺後，我原本期待程友莘也會跟我擊掌，所以我已經準備好要用很帥的方式來回應她了。但她都沒有舉

出手來，我只好假裝要跟何李羅擊掌，但他卻完全跟不上我的節奏，所以我竟然落了空，還摔在地上。

這時程友莘低著頭，對著坐在地上的我說：

五十年後的丁小飛，雖然我離偉人的境界有從教室到宇宙來回一百遍那麼遠，但程友莘的這句話，讓我突然覺得自己像是有一部時光機，只要眼睛眨一下，宇宙來回一百遍馬上就到了。

1月17日 星期三

五十年後的丁小飛：

這一陣子，辛苦的我加入了阿達的躲避球魔鬼訓練營。

為了讓我能夠在地球日園遊會的躲避球大賽中打敗金思高，進而正式成為程友莘心目中的偉人，我每天一回到家就努力跟阿達練習。不過我覺得正確的說法應該是被阿達用躲避球打。

我答應阿達只要他教我，我就會把找小便的廣告登到我們班的班刊上。但我有時候真的很懷疑他到底是真的在教我打球，還是趁機折磨我。

對了，五十年後的你大概忘了為什麼突然會有地球日園遊會吧！上次我上臺把精心策劃的「幫助程友莘地球日想法的計畫」跟大家說了以後，過幾天七龍珠老師跟全班宣布，學校決定把園遊會做成每年一度的募款園遊會，而且還找來媽上班的「讓地球呼吸」基金會跟我們一起合作。**不是我在說**，媽在學校對我來說實在是有一點麻煩。

園遊會將在下個月舉行，所以大家都很積極準備攤位。學校說四年級以上的班級都要派代表定期討論，所以老師就派我、何李羅和程友莘，代表四年九班去參加。但每次討論的時候我都很難舉手。首先，只要有何李羅，我們大概也沒什麼機會發表意見，再來是因為我每天都在練球，所以手很痠，沒有辦法舉得很高。

除此之外，我還要負責收集班上同學的文章來做班刊，所以老師叫我每個星期開班會時，跟大家一起動腦想想要在班刊上登些什麼。這時候我就很希望像何李羅之前講的——五十年後有機器人，而且他可以坐上我發明的時光機到我這裡來幫我一下！

五十年後的丁小飛，如果你身為偉人的日子是這麼忙碌，而且又有這麼多事，那為什麼有那麼多人想當偉人呢？是因為想要有很多很多的錢嗎？還是想要常常上電視？

或者是因為喜歡很多人聽你的話呢？

也有可能是喜歡有很多人崇拜的感覺。

不過依我看，我覺得應該是因為可以被印在紙鈔上吧！

對，一定是這樣。

1 月 24 日 星期 三

五十年後的丁小飛：

今天在跟阿達練躲避球的時候，小妹一直要找我看她畫的畫，結果一個不小心，球就打到她屁股了。我為了不讓爸媽聽到她在哭，只好跟她說，如果她一直哭，她畫的環保袋晚上會來找她。

想不到她真的相信，馬上就不哭了，這讓我想起小時候爸媽好像也對我說過類似的話。

現在想想，覺得很奇怪，為什麼我會在意拖鞋高不高興呢？

講到躲避球，之前跟何李羅和程友莘代表班上去討論園遊會的節目時，學校決定每個年級要分成兩組進行躲避球比賽，所以每班需要選出四個喜歡打躲避球的人來跟其他班的人組隊。不用說，金思高是一定要參加的，其他還有我、李海綿和吳心心。

昨天學校通知說我和吳心心會在同一隊，金思高和李海綿是同一隊；我和金思高都是在內場，其他隊員和對手都是別班的。這幾天我已經叫阿達幫我進行魔鬼訓練了！

另外，我們班的第一期班刊也快要完成了！我們把許多議題都拿來登在上面，例如有一個單元是：你認為什麼時候是最快樂的呢？然後我們就會訪問班上的同學。

還有程友莘。

我還準備好簽字筆要在園遊會當天帶在身上，畢竟打完躲避球比賽後，我就會成為**又帥又會賺錢又是躲避球冠軍的偉人**，一定會有人想要跟我照相並要我的簽名。看來我練了很久的偉人簽名馬上就能派上用場了。

1月29日 星期一

五十年後的丁小飛：

現在已經是半夜十二點半了，過兩天就是募款園遊會，我緊張得睡不著覺！我記得上一次超過十點睡覺，是一年級校外教學的前一天晚上，爸說那兩天可能都會下雨，所以我一直睜著眼睛，而且一聽到有聲音，就會跑到窗邊確認是不是真的有下雨。

這幾天全校都忙著準備擺攤的東西。巧克力和他爸爸主動報名負責所有食物的攤位，還每天都帶他和他爸爸打算要賣的甜點給我們試吃。

何李羅和七龍珠老師則是負責賣舊書的攤位。何李羅這一陣子幾乎每個星期都會和老師到四年級各班去收集大家捐出來的舊書。

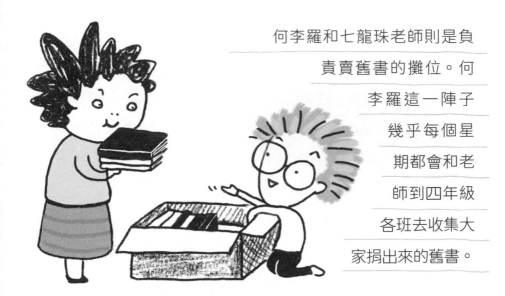

至於程友莘，除了要和副班長金思高一起安排班上同學攤位的細節外，還要負責收集所有用回收物做出來的藝術品。

其他班的同學也都有各自負責的事情，像是有些人負責設計要玩的遊戲，有些人則負責收各班做出來的班刊。

媽和她的同事，還有仙人掌爺爺也常常到學校來討論演講的細節，還會一起幫忙把所有攤位都拼裝好。

至於我，則是負責和其他班同學一起收集所有畫好的環保袋，準備到時候要一個一個拿出來拍賣。

我在收集的時候看到大部分人畫的都是動物或是卡通人物，但**不是我在說**，有些人畫的我實在是看不大懂，有些也不是用畫的。

五十年後的丁小飛，你應該猜得到在所有環保袋裡，只有我的最引人注目吧！如果有人搶著要，我也是不會太驚訝。

雖然我現在很緊張，但是經過將近兩個星期的躲避球魔鬼訓練，我知道我一定可以擊敗金思高，不但成為**會賺錢的偉人**，還是**躲避球賽冠軍**！到時候程友莘一定會對我非常崇拜！想到這裡我又睡不著了。

1 月 31 日 星期三

五十年後的丁小飛：

要成為程友莘心目中的偉人就看**今天**了！昨天我還特地叫爸幫我洗運動服，因為今天是重要的一天，是我正式成為偉人的日子，一定要穿上乾淨的衣服，這樣照起相來也比較好看。

我換上乾淨的內褲之後，卻發生一件事。我發現我的內褲被染成**螢光粉紅色**了！我趕緊找別件替換，但翻來翻去，發現所有的內褲都被染成粉紅色了！原來是因為爸把阿達的那件粉紅螢光連身衣跟我的衣服一起洗，所以所有白色衣服都被染成粉紅色。算了，反正只是穿在裡面的內褲，好在我的運動服是深藍色的，只要我的運動服沒被染到就好。

到了學校以後，大家都很忙碌的在進行準備工作。我和跟我一起負責拍賣環保袋的老師和同學把環保袋掛到一個大板子上，這樣來參觀的人就可以把他們願意出的金額標籤放在喜歡的袋子旁邊，到時候我們會宣布寫下最高價錢的人並請他領走袋子。我一看到我的袋子，就可以預測我的袋子即將成為**全校最矚目的焦點**！

到了中午，來園遊會的人就越來越多了。我遠遠就看到巧克力的攤位擠滿了人，因為他爸爸是個有名的廚師。

何李羅的舊書攤攤位也有很多小朋友，因為何李羅還會介紹所有他看過的書。

媽也在臺上介紹許多環保的概念以及節能減碳的各種方法。

看到這麼多人來參加環保募款園遊會，我想今天一定能夠募到很多錢。而且我突然想到——這個園遊會可是**我的想法**呢！原本是為了能夠支持程友華的計畫，讓她知道雖然我不像金思高那麼有錢，但我可是一個會賺錢的偉人！站在活動中心門口，看到這麼多人來參加這一項計畫，感覺好像現在的我是五十年後已經變成世界知名偉人的我，搭著自己發明的時光機來告訴五十年前的我說：「你以後一定是個超級偉人！」

只希望程友莘也已經把我放在偉人行列，這對我來說可是很重要的。現在只要在下午的躲避球賽打敗金思高，我就能成為她心目中正式的偉人了！

下午輪到四年級打躲避球賽，爸媽都跑來為我加油，阿達也一直提醒我他教的動作。裁判吹了哨子以後，激烈的戰爭於是展開。金思高一直在前面接球，旁邊還有很多女生一直在為他加油。

我在場內一直用阿達教我的袋鼠動作，照他的計畫在前半場盡量不去接球，眼睛也一直注意球過來的方向。

等到裁判吹哨判對方有人出局時，我發現我們場內只剩下我跟吳心心，而對方只剩下金思高一個人。我跟吳心心對看了兩秒鐘，金思高趁機丟球過來，我趕緊跑到中後方，以免場外的人接到球後馬上朝我們丟。這時吳心心雙手伸出想要接球，但球突然轉了一下，擦過她的肩膀，掉到地上。

裁判一吹哨子，吳心心被判出局了！現在場內只剩下我和金思高，這下我們之間的**世紀大戰**終於正式展開！

金思高的每個球都丟得很大力，讓我接球的時候手都很痛。而我則照阿達的戰略，每個球都瞄準他的小腿，讓他很難接到球。比賽到最後我們兩個都一直喘氣，我退到比較後面以免被他的球擊中，但我想我一定是太靠近後面場外的人了，因為其中有一個人的手已經碰到我的屁股好多次了！

我還來不及往前移，就看到金思高的球已經傳到後方，於是，可怕的事情發生了。後面那個人的手一定是不小心勾到我的褲子，所以當他把手快速舉起來要去接球時，**我的褲子就被拉**

了下來，大家都看到了我的**粉紅色內褲**。接著球敲到我的頭，我就這樣被判出局了。全場一陣大笑，還有很多做班刊用的照相機不停的在照相。

我趕緊跑到更衣室躲起來。

如果現在有人要找我，請與鴕鳥聯絡。五十年後的丁小飛，如果你現在有時光機，請趕快來安慰我一下吧！

過了好久好久，就像五十年那麼久以後，我從更衣室出來，看到爸媽、阿達和小妹都在外面等我，而其他人都已經走了。大家一起牽著我從活動中心走回家。途中我還瞄到掛環保袋的大板子，看到程友莘的環保袋下面有人出了將近兩百元來買她的袋子，標籤上寫的是金思高的名字。

我沮喪的離開學校，阿達和小妹一直想要逗我開心，可是我還是提不起勁。

　　但我突然看到阿達打開他的雙手，裡面竟然是小便！他說我登的廣告有人看到，所以把小便帶到園遊會還給他。阿達還對我說謝謝，稱讚說還是我厲害，知道要怎麼樣才能找到小便。

　　這時，背後突然有一個人跑過來，是程友莘。

　　她邊喘氣邊跑到我面前告訴我，她一直覺得我是一個**很厲害的人**！

　　我很好奇的看著她。

　　她說她很欣賞我用畫漫畫的方式來寫讀書報告，還想出這麼好的計畫來支持她，也因為這樣，讓許多人可以了解到環保的重要性。而且我很認真的參加躲避球賽。

然後她笑著對我說：

說完後，她揮揮手說明天見，就轉身離開了。

五十年後的丁小飛，原來我一直都是個偉人呢！雖然我沒有吸血鬼帥，也不是一個有錢人，今天又被金思高打敗，還讓大家看到我的粉紅色內褲，但好像也不怎麼重要了。因為只要程友莘說我是偉人，那我就像被充滿氣的氣球一樣，相信我自己就是一個**超級無敵的偉人**。

我回到爸媽身邊，一起在夕陽下走回家。爸說，其實每個人心中都有一個很重要很重要的人，只要那個人認為你是個又厲害又偉大的人，那你每天都會感覺像從家裡跑到宇宙一百遍的超人一樣，知道自己是最偉大的。

看到爸媽互相笑了一下，我突然知道爸講的意思了！

每個人都希望自己成為某一個很重要的人心目中最厲害的偉人，就好像爸知道他是媽心目中的英雄；

巧克力希望成為他爸爸心目中最好的廚師；

何李羅想要成為老師心目中的第一名；

阿達發誓以後是小便最好的主人；

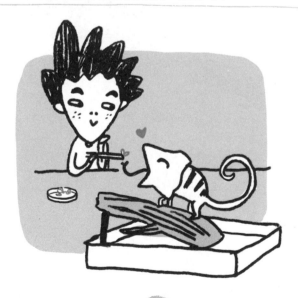

而我努力成為程友莘心目中的偉人。

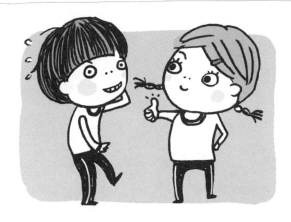

媽接著說，我們也不要忘記鼓勵別人，讓他們也努力成為一個偉人。

就好像小妹，她永遠都希望我是她最好的朋友，陪她畫畫和稱讚她。

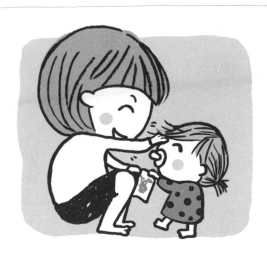

五十年後的丁小飛，不知道現在又有錢又有名又帥的你，身邊是不是也有一個程友莘，每天鼓勵你成為一個更偉大的人？當世界上沒有其他人覺得你是偉人時，只要那個人說你很偉大，你就會覺得自己真的是世界上**最厲害的那個人！**

不知道你有沒有每天鼓勵身邊的人，也成為一個比你更厲害的偉人？

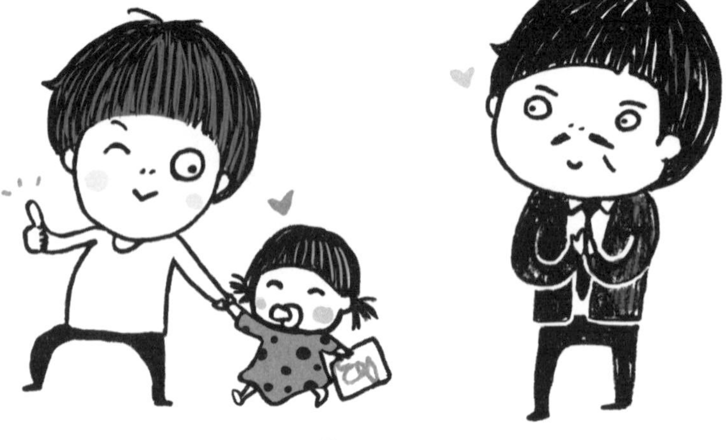

原來，我們每個人都是某些人心中的偉人，也是幫助別人成為偉人的偉人！

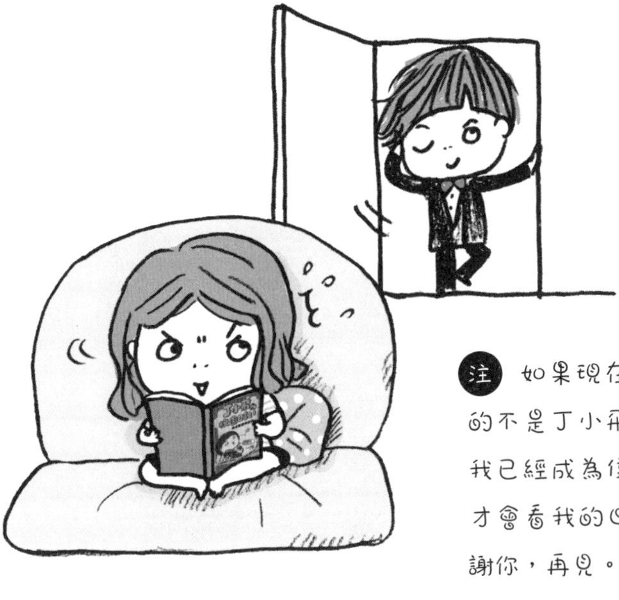

注 如果現在在看這本書的不是丁小飛本人，表示我已經成為偉人，所以你才會看我的日記。非常謝謝你，再見。

我的圖畫日記！

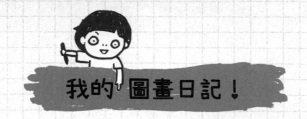

你是不是跟丁小飛一樣也喜歡寫日記？有時候可以把日常生活中的事情畫成漫畫，然後跟丁小飛一樣，讓五十年後的你細細閱讀小時候的事情喔！

現在日記

1 想一件今天在學校或家裡發生的事情，或者想一段你和朋友或爸媽的對話。先把這件事情用四個句子寫下來。

例如：

1. 我今天跟媽媽在回家路上看到一隻毛茸茸的狗。
2. 我伸手去摸了小狗，媽媽一直叫我小心一點。
3. 我還拍拍小狗的頭，小狗也開心的搖搖尾巴，媽媽也笑了。
4. 回家的路上我一直回頭看著小狗，真捨不得牠。

該你了！把今天的事情分成四個句子：

1. ______________________________

2. ______________________________

3. ______________________________

4. ______________________________

2 接著，試著把事件畫成漫畫。在畫出你的故事前，我們先來做一點練習吧！

看看下面的四格漫畫，他們在講什麼呢？發揮你的想像力，幫他們把對話填上。

3

現在換另外一種練習。運用你的想像力，把以下這些格子裡的對話畫出來。

1

我的鞋子不見了，
你有看到嗎？

沒有啊！

2

奇怪了，讓我
找找吧！

我幫你！

3

在這裡！！

4

哈哈！

哈哈，原來我
一直穿在腳上！

4 經過兩次練習，現在你可以把今天發生的事情用漫畫畫出來了。別忘了讓他們有對話喔！

例如：

1
好可愛的小狗喔！
2
小心一點，不要亂摸小狗。
3
不會，牠很乖的。
4
再見了，可愛的小狗。

該你了！現在你可以正式開始畫出自己每天的日記，作為生活精采的紀錄！

五十年後的日記

1 你覺得五十年後的世界會是怎樣的呢？
車子會在天上飛嗎？機器人會在街上走嗎？把它寫下來。

1. ______________________

2. ______________________

3. ______________________

2 把你認為五十年後的世界畫在下面的框框裡。

3 畫完後，和你的朋友互相交換，看看他們認為的五十年後的世界，跟你的有什麼不同？

丁小飛校園日記1
時光膠囊的祕密

國家圖書館出版品預行編目資料

丁小飛校園日記. 1, 時光膠囊的祕密 / 郭瀞婷文.原畫 ; 水腦圖. -- 第三版. -- 臺北市 : 親子天下股份有限公司, 2023.12
176面 ; 14.8*21公分
ISBN 978-626-305-610-7(平裝)
863.596　　112016767

作者｜郭瀞婷
繪者｜水腦

責任編輯｜許嘉諾、李寧紘
美術設計｜林家蓁
封面設計｜Bianco Tsai

天下雜誌群創辦人｜殷允芃
董事長兼執行長｜何琦瑜
媒體暨產品事業群
總經理｜游玉雪
副總經理｜林彥傑
總編輯｜林欣靜
行銷總監｜林育菁
主編｜李幼婷
版權主任｜何晨瑋、黃微真

出版者｜親子天下股份有限公司
地址｜台北市104建國北路一段96號4樓
電話｜（02）2509-2800　傳真｜（02）2509-2462
網址｜www.parenting.com.tw
讀者服務專線｜（02）2662-0332　週一～週五：09:00~17:30
傳真｜（02）2662-6048　客服信箱｜parenting@cw.com.tw
法律顧問｜台英國際商務法律事務所・羅明通律師
製版印刷｜中原造像股份有限公司
總經銷｜大和圖書有限公司　電話：（02）8990-2588

出版日期｜2013年 7 月第一版第一次印行
2023年12月第三版第一次印行
定價｜320元
書號｜BKKC0057P
ISBN｜978-626-305-610-7（平裝）

訂購服務
親子天下Shopping｜shopping.parenting.com.tw
海外 ・ 大量訂購｜parenting@cw.com.tw
書香花園｜台北市建國北路二段6巷11號　電話（02）2506-1635
劃撥帳號｜50331356　親子天下股份有限公司